With a Magic power

마도신화전기

3

동은 퓨전 판타지 소설

FUSION FANTASJIC STORY

도서출판
청어람

마도신화전기

Night of Magic power

CONTENTS

Chapter 1. 죄의 진실

도시의 축제는 밤새도록 계속되었다. 더럽고 추악하며 욕망으로 가득한 축제가.

곤과 씽은 도시 외곽에 위치한 값싼 여인숙을 찾았다.

매매상인들이 거주할 곳이 필요하기에 도시 외곽에는 집창촌과 여관촌이 형성되어 있었다.

오크들은 인간에게 배운 대로 여인숙을 짓고, 내부를 깨끗이 청소했으며, 음식을 장만했다. 자신들의 문명을 버리고 인간들의 문명을 받아들인 것이다. 덕분에 여관은 꽤나 성행했다.

도시의 지배자인 토르소와 연줄이 있는 오크들은 집창촌을 운영했다.

그들은 젊고 싱싱한 엘프들을 싼값에 구매해 인간들에게 성접대를 하도록 강요했다. 매매상인과 그들을 호위하는 무사들은 이곳에서 어리고 예쁜 엘프들을 품에 안았다.

곤과 씽은 거리를 걸었다. 그들의 품에는 이곳에서 통용되는 돈이 없었다. 그나마 다행인 것은 오크에게도 귀중한 자원인 철이 있어 그것을 팔아 며칠간 묵을 수 있는 돈을 마련했다는 것이다.

"형님, 노예로 잡혀 온 오크들은 당장 팔려갈 것 같지 않습니다."

곤은 고개를 끄덕였다.

인간들을 상대로 상업을 하는 오크들에게 물었더니 새롭게 잡혀 온 오크들이 팔려나가는 데 최소 일주일 이상이 소요된다고 하였다.

우선 노예들을 씻긴 후 상당한 양의 식사를 줘서 살을 찌운다.

워낙 식량이 부족한 정글이기에 일주일 정도면 어느 정도 살이 오른다. 거칠던 피부에 윤기도 돈다.

살이 포동포동하게 오르면 등급을 먹인 후 인간들에게 노예로 파는 것이다.

곤에게는 그 정도의 시간적 여유가 있는 셈이다. 시간 안에 노예들이 잡힌 장소를 알아내 탈출시킬 생각이다.

"식사를 하면서 생각해 보자."

"알겠습니다."

둘은 주변을 훑으며 걸었다. 이미 취해서 인사불성이 된 취객들이 상당히 많았다. 이토록 험한 정글 속에 이렇게나 많은 인간들이 드나든다는 것이 이상했다. 처음 이곳에 떨어졌을 때처럼 기분이 묘했다.

"어머나, 정말로 잘생긴 오빠들이네. 이곳 처음이지?"

두 명의 엘프가 다가와 곤과 씽에게 팔짱을 끼었다. 진한 분냄새가 그녀들에게서 풍겼다. 아직 여성체에 대해서 잘 모르는 씽은 움찔거렸다.

곤은 그녀들을 바라봤다. 뾰족한 귀, 태양만큼이나 빛나는 금발, 잡티 하나 없는 뽀얀 피부.

엄청난 미인이었다.

하지만 마음에 걸리는 것이 있었다. 그녀들의 눈빛이다. 초점이 맞지 않고 어딘가 한곳을 응시하지 못하며 계속해서 눈동자가 움직였다.

그녀들은 산만했다.

이런 눈빛을 한 자들을 곤은 잘 알고 있었다. 일본 헌병 앞에 선 조선인들.

극도의 두려움 때문이다.

"우리가 처음인지 어떻게 알지?"

곤이 물었다.

"뻔하지. 촌놈처럼 굴잖아. 이곳에 처음 온 사람들은 모두 오빠들처럼 두 눈이 휘둥그레지거든."

"그런가?"

어색하게 보이지 않으려고 그렇게 애를 썼지만 엘프들에게는 그렇게 보인 모양이다.

"자, 오빠들, 여기까지 왔으니까 놀다 가야지. 싸게 해줄게."

엘프들은 곤과 씽의 팔을 잡고 붉은빛이 감도는 2층 목조건물로 이끌었다.

"이름이 뭐지?"

"전 엘비라, 쟤는 시엘이에요."

대륙공영어로 태양과 맑음이란 뜻이다. 본명은 아닐 것이다. 자신들의 처지를 생각해서 그런 이름으로 지었을지도.

엘비라의 가슴이 씽의 팔에 닿자 씽의 얼굴이 붉게 변했다. 씽이 '어쩌죠?' 하는 표정으로 곤을 바라본다.

잠시 생각하던 곤은 고개를 끄덕였다. 씽의 표정이 모호하다. 이대로 끌려가 동정을 잃느냐, 사랑하는 여자를, 혹은 사랑하는 호랑이를 만나 씨를 퍼뜨리느냐로 고민하는 듯했다.

그런 씽을 보며 곤은 픽 웃고 말았다.

"들어가자."

곤은 목조 저택 안으로 들어섰다. 저택 안은 밖보다 훨씬 더 시끄러웠다.

스무 개 정도 되는 탁자 위에 술과 안주가 잔뜩 놓여 있다. 정체를 모르는 동물의 고기와 밀주였다. 가게의 남성들은 인간이고 여성들은 엘프였다. 간혹 특이한 취향을 가진 인간들로 인해 오크 여성체도 보였다.

건장한 체구의 오크들이 술을 마시고 있는 남성들의 어깨를 두드렸다. 오크들이 씨익 웃자 남성들도 따라 웃었다. 그들은 엘프들과 함께 오크들을 따라 2층으로 올라갔다.

"여기 잠깐 계세요."

시엘이 말했다.

고개를 끄덕인 곤과 씽이 의자에 앉았다.

잠시 후 시엘과 엘비라는 쟁반에 안주와 술을 가져왔다. 육즙이 줄줄 흘러 꽤 먹음직스럽게 생긴 고기 안주다. 그녀들은 다리를 꼬고 앉아 곤과 씽의 나무 잔에 술을 따라주었다.

"꿀꺽."

씽은 마른침을 삼켰다. 그녀들의 꼬고 앉은 다리 사이로 얇은 속옷이 적나라하게 비친다.

"호호호, 오빠들, 이곳에 오는 사람답지 않게 엄청 순진하네?"

"그러게."

곤은 고개를 돌려 주점 안을 살폈다. 술을 마시고 있는 자는 거의 없고 엘프들을 벗겨놓고 자신의 욕망을 채우고 있다. 엘프들은 익숙한지 그들의 손길을 거부하지 않았다.

"형님, 저희 이러고 있을 때가 아닌 거 같은데요."

헛기침을 하던 씽이 곤을 향해서 작게 말했다. 그는 아직도 왜 곤이 이곳을 왔는지 이해를 하지 못했다.

"기다려 봐."

곤은 혜인을 구하기 위해 대륙뿐 아니라 많은 나라를 두루 경험했다. 그것은 생존에 꽤 도움이 되었다. 지금도 마찬가지다.

　정보는 상층부에서 나오는 것이 아니었다. 직접 보고 듣고 느끼는 최하층에 가장 많은 진실이 숨어 있었다.

　진실을 볼 수 있는 것은 경험과 눈이다.

　"이곳은 정말 특이하군. 인간들의 세상은 이렇지 않은데."

　일단 던져본다.

　이곳 대륙에 대한 정보가 없다는 것을 엘프들에게 숨기며 정보를 얻어야 한다.

　"당연하죠."

　시엘이 턱을 괴며 말했다.

　미끼를 물었다. 여기서부터 의심을 사지 않게 말을 유도하는 것이 중요했다.

　"뭐가 당연하다는 거지?"

　"이곳은 인간들이 세운 왕국이나 제국과는 달라요. 오로지 욕망으로 세워진 도시잖아요."

　사실을 알고 있다는 전제하에 말하는 것이다.

　"노예장사로?"

　다시 찔러본다.

　뮤질란에 반발심이 있다면 어떤 식으로든 반응이 올 것이다. 하지만 이미 마음까지 성노예가 되어 있다면 괜한 돈을 허비한 것이 된다.

　초점이 없던 시엘의 눈동자가 제대로 돌아왔다. 그녀는 똑

바른 눈빛으로 곤을 바라봤다. 그렇다고 행동까지 돌아온 것
은 아니었다. 오히려 흐트러진 것처럼 몸을 흔들었다.

"뭘 알고 싶은 거죠?"

"이 도시의 본질."

"미쳤군요. 그 한마디로 당신, 죽을 수도 있어요. 모른 척할
테니 그냥 나가요. 아, 화대는 줘야 해요."

"이 도시가 처음이잖아. 궁금한 건 당연한 거야."

"……."

잠시 곤을 쳐다보던 시엘은 묘한 표정을 지은 후 말을 이었
다.

"당신, 기사예요?"

기사? 그것이 무엇인지 모른다. 들어본 적은 있는 것 같지만
기억이 가물가물했다. 어차피 생각이 난다고 하더라도 기사라
는 자들이 무엇을 하는지는 알지 못했을 것이다.

"아니."

이럴 때는 괜한 거짓말을 하는 것이 아니다. 차라리 직설적
으로 말하는 것이 나을 때가 있다.

"내 아들 같은 아이가 이곳으로 잡혀 왔어."

시엘의 표정이 굳었다가 풀어졌다. 아주 짧은 순간이었지만
그것을 눈치채지 못할 곤이 아니었다.

"아이를 구하고 싶어. 도와줘."

"미친 거 아니에요? 제가 그걸 어떻게 구해요?"

"작은 희망이라도 가지고 싶어. 당신도 마찬가지잖아. 언젠

가 고향으로 돌아가고 싶은 작은 희망을 가지고 살아가잖아."

"희망… 희망이라……."

"얘기를 더 들어보지요. 대신 두 배는 주셔야 해요."

엘비라가 끼어들었다.

"기꺼이."

그들은 2층으로 올라갔다.

시엘은 작정한 듯이 자신이 알고 있는 얘기를 털어놓았다. 그녀의 얘기는 낮에 본 미친 피의 축제보다 훨씬 더 잔혹한 것이었다.

*　　　*　　　*

부서진 달이 떴다.

쓱쓱쓱.

곤은 손도끼를 갈았다. 평범한 철이지만 손도끼는 굉장히 날카로워졌다. 오크들이 쓰는 청동보다 훨씬 나았다. 화살도 최소 서른 발 이상은 준비해야 한다.

씽은 곤보다 무력은 강하지만 원거리 전투 능력이 없었다. 오크들과 맞붙어서 이길 능력은 충분하지만 경험이 부족했다. 만약 포위라도 당하면 크게 위험할 수 있었다.

씽이 아무리 영물이라고 하더라도 그런 상황에 처하면 죽을 수도 있었다.

그렇게 둘 수는 없었다.

씽이 죽지 않게 하기 위해서는 자신이 더욱 강해져야 했다.

"너 정말로 갈 거야? 죽을 수도 있어."

곤이 씽에게 물었다.

"당연하지. 이제 형님하고는 안 떨어져요."

씽은 싱긋 웃었다.

"고마워."

"형님의 아들은 곧 제 아들입니다. 걱정하지 마세요."

씽은 단호했다. 그의 고집으로 보아 말려도 소용없을 것 같았다. 고마우면서도 미안했다.

"자."

곤은 씽에게 단검을 주었다. 그의 강력한 손톱이라면 단검보다야 훨씬 낫겠지만 없는 것보다는 나았다.

"괜찮다니까."

말은 그렇게 하면서도 싫지는 않은 모양이다. 씽은 단검을 챙겨 품안에 넣었다.

"태양의 신전 지하 2층이라고 했지?"

"맞아요. 웃기지도 않는 놈들이야. 태양의 신전? 죽음의 신전이라고 하는 게 옳을 거예요."

그 말은 동감이다.

그것은 태양의 신을 바라며 만든 신전이 아니었다.

죽음.

얼마나 될지 짐작도 되지 않는 수많은 생명의 피로 일궈진 신전이었다.

"가자."

모든 준비를 마친 곤이 자리에서 일어났다. 씽은 같이 움직였다.

*   *   *

미친 축제가 며칠이나 이어지던 뮤질란의 밤은 어두웠다. 길거리에 가득하던 오크와 사람들도 없고 통행하는 자도 보이지 않았다.

곳곳에 보이는 것은 횃불뿐이었다. 간혹 경비를 서는 오크 전사들이 눈에 띄었지만 삼엄하지는 않았다. 적당히 몸을 숨겨도 큰 소리로 떠드는 그들에게 들킬 일은 없었다.

"안개? 다행이군."

조금씩 안개가 끼기 시작했다. 시야가 확보되지는 않지만 운신하기에는 훨씬 수월해졌다. 이곳의 오크들은 내공을 사용하지 못했다.

내공을 운용하면 곤은 그들보다 훨씬 빨리 상대를 알아차릴 수 있었다.

태양의 신전 구조는 모른다. 하지만 도시를 지배하는 오크들이 어떤 식으로 생활하는지는 시엘에게 들어서 알고 있었다.

이들은 인간의 문명에 취해 있었다.

반면 인간의 문명과 같은 고도로 발전된 사회를 이루지는 못했다. 그것을 파고들어 가야 마을 오크들을 구할 수 있다.

태양의 신전으로 올라가는 방향은 모두 네 곳. 곳곳에 두 명씩 오크들이 배치되어 있다. 인간들의 군대처럼 교대로 경비를 서는 듯했다.

군기가 있는 것은 아니었다.

위에서 지시하는 대로 무작정 서 있을 뿐이었다.

이곳은 뮤질란.

누구도 침입하는 자가 있을 거라 여기지 못하는 곳이니까.

"펑펑."

단전에 잠들어 있던 펑펑이 모습을 드러냈다. 예전보다 날개와 머리카락의 녹색이 더욱 진해진 듯하다.

"올만, 주인."

분위기를 눈치챘는지 펑펑이 낮은 목소리로 말했다.

"마을 오크들이 지하 2층에 갇혀 있어. 우리는 그쪽으로 가는 길을 찾아야 해."

펑펑은 무슨 말인지 알아들었다.

"알았어. 맡겨만 둬."

그녀는 조심스럽게 태양의 신전 안으로 날아갔다. 곤과 씽은 그녀가 오기를 기다렸다. 얼마나 오랜 시간이 걸릴지는 알 수 없었다. 하나, 예상과 다르게 펑펑은 짧은 시간 안에 되돌아왔다.

"지하로 내려갈 방법은 하나뿐이야."

펑펑이 말했다.

"뭐지?"

*　　　*　　　*

정말로 무모한 방법이다. 이런 식으로 나가서는 혜인을 만나기도 전에 반드시 죽는다.

그렇다고 하지 않을 수도 없었다.

나 하나 살자고 가족처럼 대해준 코일코와 황색 오크들을 죽일 수는 없었다.

죽고자 하면 살고 살고자 하면 죽는다.

이제는 자신의 운명을 하늘에 맡길 수밖에 없었다.

"크르륵."

입구에서 경비를 서던 두 오크를 죽였다. 놈들의 비명은 없었다. 긴장은 했지만 깔끔하게 처리했다. 썽도 솜씨가 좋았다.

그들은 신전 지하가 아닌 위쪽으로 올라갔다. 평평이 말한 것처럼 경비는 거의 없었다. 복잡한 미로 같은 길이지만 창문이 열려 있어 그다지 헤매지는 않았다.

같은 동족인 오크들마저 먹어치운다는 괴물 토르소.

지하로 내려가는 길이 그 자식을 잡는 것이다.

"태양의 신전 지하로 가는 길은 미로야. 길을 아는 놈을 잡아야 해."

평평의 말이다.

오크들과 다르게 곤은 내공을 쓸 수가 있었다. 특히 평평은

곤의 단전을 집으로 생각한다. 그녀는 빠르게 성장하고 있었
다.

처음 계약을 맺었을 때와는 비교조차 되지 않았다. 그녀의
성장 속도는 주인인 곤도 알지 못했다. 그녀의 기감은 곤을 훨
씬 능가했다.

"주인, 경비병이 많아지고 있어."

곤은 손도끼를 뽑아 들었다. 이렇게 좁은 통로에서는 화살
보다 손도끼의 활용도가 훨씬 높았다.

눈앞에 두 명의 오크가 나타났다. 오크들은 곤을 보며 눈을
멀뚱거렸다. 왜 인간이 여기에 있는지 이해하지 못하는 눈빛
이다. 서로가 서로를 바라보며 그것을 묻고 있었다.

곤과 씽이 동시에 날아들었다. 곤의 손도끼는 오크의 목을
단숨에 갈랐다. 씽의 위력은 더욱 놀라왔다. 곤이 준 단검은
오크의 목을 완전히 절단했다.

그들은 비명도 지르지 못하고 쓰러졌다.

한 층 한 층 올라갈수록 펑펑의 말대로 경비병의 숫자는 많
아졌다. 벌써 목을 자른 오크의 숫자만 하더라도 열 명이 넘는
다.

놈들이 눈치챌 시간이 다가오고 있었다. 경비를 서는 오크
들의 교대 시간이 얼마나 되는지 알 수 없지만 시간이 얼마 남
지 않았다는 것쯤은 바보가 아닌 이상 알 수가 있었다.

다섯 놈이 계단을 타고 우르르 내려왔다. 특이한 제복을 입
고 있는 놈이 있다. 그가 해골이 달린 지팡이를 흔들며 주문을

외웠다.

젠장, 다크 샤먼이다.

예전에도 경험했지만 놈들은 원거리에 강했다. 특히 자신이 안전한 거리에서 사용하는 주술은 엄청나게 무서웠다.

다크 샤먼의 주문이 끝났다. 그의 몸에서 흘러나오던 희미한 빛이 사방으로 뻗어 나갔다.

동시에,

쿠르르릉.

발밑이 푹 꺼지는 느낌이 들었다. 돌을 정교하게 쌓아서 만든 복도가 일순간에 무너졌다.

"뛰어!"

곤과 씽은 벽을 밟은 후 무너진 공간을 뛰어넘었다.

곤은 벽을 밟는 순간부터 화살에 시위를 재고 있었다. 대단한 균형 감각이다.

씽은 곤의 앞으로 나아갔다. 그의 한쪽 손에는 단검이 들려 있었고, 다른 한 손가락 끝에서는 날카로운 손톱이 튀어나왔다. 미끄러지듯이 앞으로 달려간 씽은 오크들의 발목을 일거에 잘라냈다.

"크아아악!

발목이 잘린 오크들이 비명을 지르며 쓰러졌다. 씽은 쓰러진 오크들의 목에 단검을 박았다.

쐐애애액!

그 순간.

씽의 머리 위로 한 발의 화살이 날아갔다. 그 화살은 정확하게 다크 샤먼의 머리통을 뚫고 지나갔다.

눈 한 번 깜빡할 짧은 순간이었다. 곤과 씽은 기가 막힌 호흡으로 다섯 오크를 저세상으로 보냈다.

모두를 처리하고 나자 곤과 씽의 눈앞에 화려한 금빛 문이 보였다.

금빛 문에 조각된 인물은 뮤질란의 지배자인 토르소였다.

두 번 생각할 필요도 없었다. 곤은 금빛 문을 발로 강하게 찼다. '쾅' 소리와 함께 문이 열렸다. 사치가 극에 달한 내부가 보인다.

그 중앙에는 역겨운 광경이 펼쳐져 있다. 발가벗은 채 성노예가 되어 있는 수십 명의 어린 엘프들과 토르소, 오크들이다. 그들은 어린 엘프들을 유린하는 것으로 끝내지 않았다. 노예로 잡혀 온 오크들에게 살인 게임을 시키며 즐거워했다.

벽에는 죽은 오크와 엘프들의 피가 흘러내리고 있다. 잔혹하고 역겨운 광경이었다.

"뭐야, 너희들은?"

난데없는 침입자에 토르소가 무척이나 짜증난다는 눈빛으로 쏘아봤다.

"살아 있을 가치가 없는 새끼."

곤은 다시금 토르소에 대한 증오가 폭발했다. 그는 손바닥을 찢어 화살촉에 피를 묻혔다.

쐐애애액! 쐐애애액!

한 발에 한 명씩.

발가벗고 있던 다크 샤먼들은 옷을 입을 사이도 없이 치명 상을 입었다.

"모조리 처리해."

곤의 말과 함께 씽이 앞으로 튀어 나갔다. 날카롭게 빛나는 손톱이 튀어나왔다. 나머지 다크 샤먼들은 씽의 손톱에 갈기 갈기 찢겨졌다.

"어, 어? 너 뭐야? 이게 뭐하는 짓이냐? 내가 누군지 알아?"

토르소가 외쳤다.

곤은 그를 상관하지 않고 발가벗고 성노예가 되어 있는 엘 프들을 향해서 나가라고 말했다.

엘프들은 주저했다. 그녀들은 두려운 눈빛으로 곤과 토르소 를 번갈아 바라봤다.

"괜찮으니까 나가. 여기서 죽을 테냐?"

그제야 엘프들은 서둘러 일어나 황금의 문밖으로 나갔다.

"가긴 어딜 가, 이 쌍년들아! 당장 안 서! 너희들, 내가 누군 지 알아? 아냐고!"

"알아, 이 엿 같은 새끼야."

곤의 신발 밑창이 토르소의 얼굴을 깔아뭉갰다. 토르소의 코가 박살이 나며 피가 튀었다. 곤은 다시 발을 들어 그의 면 상을 짓밟았다.

퍽! 퍽! 퍽! 퍽!

토르소는 제대로 반항도 할 수 없었다.

몇 번이나 자신이 누군지 아느냐고 소리쳤지만 통할 상대가
아니었다.

그가 할 수 있는 것은 현재로썬 비는 것밖에 없었다. 하지만
빌어도 곤의 폭력은 멈추지 않았다.

"형님, 그만하세요. 이러다 죽겠어요. 죽여야 할 놈이지만
지금 죽으면 안 돼요."

씽이 곤을 말렸다.

"헉헉헉헉! 개새끼."

곤은 거친 숨을 몰아쉬었다. 지금만큼은 정말로 살의를 느
꼈다. 이렇게 때려죽이겠다고 무의식중에 생각했을지도 모른
다.

이제껏 나쁜 놈들을 많이 봐왔지만 이토록 추악한 놈은 처
음 보았다.

그래, 마치 일본 제국주의 놈들 앞잡이를 하며 같은 민족을
수탈하던 그자들과 비슷했다.

곤은 토르소의 머리채를 잡아끌었다.

"어디야?"

입이 뭉개진 그는 무슨 말인지 몰라 두 눈을 동그랗게 떴다.

"네놈들이 잡아온 노예들이 이곳 어디에 있느냐고!"

"무, 무슨 소린지……."

"몰라? 몰라, 이 새끼야?"

곤은 토르소의 면상에 주먹을 꽂아 넣었다. 뒤룩뒤룩 살이
쪄서 제대로 된 움직임도 보이지 못하는 토르소의 얼굴에서

피가 튀었다.

본인이 강해서 괴물이라고 불린 것이 아니었다. 같은 종족까지도 무자비하게 잡아 죽이는 그 잔인함이 괴물이란 악명을 붙여준 것이다.

이런 놈은 똑같이 해줘야 한다. 그가 잡아 죽인 수많은 생명이 느낀 공포를 느끼게 해줘야 한다. 서럽게 죽은 원령들과 똑같은 감정을 느껴보아라.

퍽! 퍽! 퍽!

이빨이 모조리 부러져 튕겨 나갔다.

"몰라? 모르냐고, 이 새끼야!"

본래의 모습을 찾아볼 수 없을 만큼 토르소의 얼굴이 뭉개졌다.

"아, 알아. 제발… 제발……."

토르소가 빌었다.

"안내해. 허튼짓하면……."

곤은 손도끼를 빼 들었다. 그러고는 토르소의 손목을 잡고 그대로 내리쩍었다.

쾅!

손가락 두 개가 날아갔다.

"크아아악!"

"모가지를 이렇게 날려줄 거야."

토르소는 겁을 잔뜩 집어먹은 채 고개를 위아래로 끄덕였다.

곤은 씽과 토르소를 데리고 방문을 나섰다. 방문 근처에는 죽은 시체가 잔뜩 쌓여 있었다. 그것을 본 토르소는 기겁했다.

"지랄하지 말고 빨리 가."

곤은 토르소의 등을 툭 밀었다. 어차피 이놈을 살려둘 생각은 없다. 이놈 때문에 마을이 쑥대밭이 되었다.

'이놈만 아니었다면……'

이놈만 아니었다면 마을은 행복했을 것이다.

모두 이 개 같은 자식 때문이다.

토르소와 곤, 씽은 좁은 계단을 따라 내려왔다. 곳곳에 죽은 오크 전사들이 보였다.

내심 구원병이 오지 않을까 기대하던 토르소의 안색이 점차 안 좋게 변했다.

토르소를 앞세운 곤은 미로와 같은 복잡한 계단을 통해 지하까지 내려왔지만 앞이 막혀 있다.

토르소는 곤의 눈치를 보며 머뭇거렸다.

"호호호."

펑펑이 나타나 곤의 어깨에 앉았다.

"이 못생긴 돼지 새끼가 머리 쓰네."

"머리를 쓴다고?"

"응, 생긴 것처럼 노는군. 바로 앞에서 희미한 피 냄새가 풍기고 있어."

"피 냄새?"

"응, 마나를 이용해서 오감을 느껴봐. 분명 이 앞쪽에서 피

냄새가 흘러나와."

곤은 고개를 끄덕였다. 그 역시 내공을 사용하며 오감이 무척이나 늘었다고 생각했다. 하지만 평평에 뛰어난 감각에 비해서는 어림도 없었다.

"들었지? 지금 문 열지 않으면 어깨부터 잘라주지."

"히익."

놀란 토르소는 목에 걸어둔 열쇠를 꺼내 발밑에 있는 구멍 안으로 넣었다. 여간해서는 발견하기가 쉽지 않은 위치였다. 열쇠와 구멍이 맞춰지자 돌끼리 부딪치는 소리가 들린다.

크르릉!

이윽고 무거운 돌문이 위로 올라갔다. 안쪽에서 바람이 바깥쪽으로 불었다. 바람에는 강렬한 피 냄새가 섞여 있었다.

그리고 돌문 안쪽의 모습이 보였다. 운동장처럼 굉장히 넓은 공터였다.

그곳을 본 곤과 씽은 경악을 금치 못했다 .

놈들은…….

이 개자식들은 넘지 말아야 선을 넘었다.

*   *   *

뚝뚝뚝.

천장에서 떨어지는 핏방울.

폐부를 뚫는 듯한 역한 냄새.

갈고리에 거꾸로 걸려 있는 수많은 시체.

대여섯 명의 오크가 시체들을 분해하는 작업이 한창이었다.

바닥은 구멍이 뚫린 쇠창살로 되어 있다. 그들은 조각낸 시체를 쇠창살 밑으로 던졌다. 수많은 노예들이 아우성을 치며 개처럼 그것을 받아먹었다.

이미 대부분이 인성을 상실했다. 몇몇이 끝까지 동족을 먹지 않기 위해 버텼지만 그럴 때마다 뮤질란의 오크들은 몽둥이로 때려 강제로 섭취하게 만들었다.

"아니, 위대한 왕께서 누추한 이곳까지 어인 일로……."

토르소를 알아본 오크가 급히 다가왔다. 하지만 그는 몇 발자국 움직이지 못했다.

"이 짐승만도 못한 새끼들!"

곤이 앞으로 나서며 그의 머리통을 손도끼로 내리찍었다. 머리가 부서진 오크는 힘없이 무너졌다. 다른 오크들이 멈칫거렸다. 아직 상황 파악이 되지 않는 모양이다.

"씽!"

"맡겨두세요."

씽이 움직였다.

챙!

양 손가락에서 날카로운 손톱이 튀어나왔다. 그의 손톱이 오크들의 목을 잘랐다. 자신이 어떻게 죽는지도 모를 만큼 신속한 공격이었다. 몇몇 오크들이 반항을 해왔지만 씽에게는 상대가 되지 않았다.

"코일코! 코일코! 들려? 어디 있어!"

곤이 쇠창살을 잡고 외쳤다. 밑에서 아귀처럼 동족의 시신을 먹던 오크들이 곤을 바라봤다. 그들은 눈치를 보며 어둠 속으로 몸을 숨겼다. 은연중 자신들이 얼마나 추한지 감추고 싶었던 모양이다.

"코일코! 코일코! 황색 오크 마을에서 잡혀 온 분들 안 계세요? 저 곤입니다! 곤이 왔다고요!"

몇 번이나 불렀다.

"……."

누군가 작은 목소리로 대답했다.

"누구야? 방금 대답한 자는 누구냐고?"

"사… 부… 님?"

기어들어 가는 목소리. 체력이 바닥나 겨우 짜낸 목소리다. 그리고 그 목소리는 곤이 그토록 애타게 찾는 목소리이기도 했다.

"코일코, 코일코냐? 그래, 나다. 네 사부가 널 구하러 왔어."

어둠 속에 있던 코일코가 천천히 모습을 드러냈다. 얼굴을 상하지 않았지만 몸에는 구타로 인한 멍이 가득했다. 갈비뼈가 드러날 정도로 앙상하게 말랐다. 어떡하든 이성을 잃지 않으려고 애를 쓴 모습이다. 아직 다른 오크들과는 다르게 종족의 시체를 먹지 않은 것이 분명했다.

엄청난 배고픔 앞에서도 끝까지 참고 또 참았으리라.

"사부님, 정말로 사부님이세요?"

코일코는 곤을 바라봤다.

"그래, 나다."

곤은 쇠창살 사이로 손을 내밀었다. 코일코가 손을 들었다. 둘의 손이 맞닿지 않았다. 어깨까지 팔을 밀어 넣어도 마찬가지였다.

조금 더, 조금만 더 팔을 뻗으면 서로의 온기를 느낄 수 있을 것이다.

손끝이 닿았다.

아아! 그래, 너도 나도 살아 있구나.

고맙다, 고마워.

"사부님, 사부님이 저를 구하러 오실 줄 알았어요."

코일코가 울었다. 소년의 작은 두 눈망울에서 눈물이 볼을 타고 흘렀다.

"그래, 반드시 이곳에서 구해줄게. 걱정하지 마. 걱정하지 말고 기다려. 금방 꺼내줄 테니까."

가슴이 북받쳤다. 뜨거운 가슴 밑에서부터 올라오는 그것을 억지로 참아냈다.

눈물은 나중에 흘려도 된다. 지금은 붙잡힌 오크들을 데리고 지옥과 같은 이곳에서 탈출하는 것이 우선이다.

곤은 쇠창살을 열 수 있는 문을 찾아보았다. 분명 오크들을 가두기 위한 문이 존재할 것이다. 하지만 그의 눈에는 보이지 않았다.

"펑펑, 같이 찾아줘."

평평이 나타나 문을 찾았지만 감각이 예민한 평평의 눈에도 보이지 않는 모양이다.

"주인, 아무래도 층이 다른 것 같아."

"층이 다르다니?"

"문은 이쪽이 아니라 밑일지도."

이런 젠장. 그럼 왜 토르소는 자신을 이곳으로 안내했단 말인가.

그의 의문이 풀렸다.

"형님, 물러나세요!"

씽의 다급한 목소리가 들려왔다. 동시에 사방에서 굉음이 터졌다.

천장에서 돌이 무너졌다. 무너진 돌이 쇠창살을 두드렸고 쇠창살은 엿가락처럼 구겨졌다.

쿠쿠쿵!

계속해서 거대한 돌덩이가 떨어졌다. 놀란 오크들이 어둠 속으로 몸을 숨겼다.

"사부님! 사부님!"

코일코의 목소리가 애처롭게 들렸다. 하지만 곤은 희뿌옇게 피어나는 돌가루로 인해서 아무것도 보이지가 않았다.

"멍청한 주인아! 어서 피해!"

평평이 곤의 귓불을 잡아당기며 소리쳤다.

"형님, 피하세요! 어서요!"

보이지 않는 벽 너머로 씽의 목소리가 다급하게 울려 퍼졌다.

콰콰콰쾅!

계속해서 천장이 무너져 내렸다.

퍼퍼펑!

사방에서 물이 쏟아졌다.

당했다.

제대로 된 함정이었다. 놈은 애초에 이곳에 있는 모든 생명을 살려둘 생각이 없었던 것이다.

"크하하하! 이 개자식들! 나에게 손을 대? 감히 나에게? 여기서 모조리 죽어라, 개자식들아!"

토르소의 광기에 찬 목소리가 무너지고 있는 지하에 울려 퍼졌다.

"코일코, 살아남아라. 무조건 살아남아라. 이건 사부로서 명령이다. 살아만 남는다면 날 널 구하러 간다. 이 세상 끝까지라도. 씽, 너도 마찬가지. 무조건 살아남아라."

곤은 아수라장이 된 지하층을 향해서 소리쳤다.

"명령… 받듭니다."

"믿… 습니다, 형님."

그들은 아직 살아 있었다. 죽지 않을 것이다. 그들이라면 살아남을 것이다.

콰콰콰쾅!

물과 바위가 뒤섞였다. 시체들이 파괴되고 더 이상 서 있을 수 있는 공간이 없었다.

찾아야 해. 이곳에서 나갈 수 있는 방법을 찾아야 해.

꽈지직!

쇠창살이 끝내 무게를 이기지 못하고 주저앉았다. 그 사이로 쏟아져 들어오는 물과 바위들이 뒤섞였다. 쇠창살 밑에 있던 오크들의 비명 소리가 지하실을 가득 메웠다.

곤과 마주 보고 있는 벽면이 무너졌다. 그 사이로 구멍 하나가 눈에 들어왔다.

살아남는 길은 이제 하나뿐이었다. 그 사이에도 물은 차올랐고 쇠창살은 휘어져 밑으로 꺾였다.

거리가 상당히 멀어서 뛰어넘지 못할 수도 있었다. 다른 길을 찾을 시간도 없었다.

곤은 몇 발자국 뒤로 물러난 후 있는 힘껏 앞으로 달려 도움닫기를 했다. 발 디딜 곳이 마땅치 않아 추진력이 부족했다.

'이런 제기랄.'

욕설이 절로 튀어나온다. 반대편 벽으로 가기에는 거리가 한참 모자랐다.

이젠 추락한다.

쿠쿠쿵!

그의 코앞으로 무너지고 있는 바위.

이런 미친 짓은 곡예사도 하지 않을 것이다.

곤은 무너지고 있는 바위를 밟았다. 있는 힘껏 발을 디디자 바위는 더욱 빨리 떨어졌다.

덕분에 허공을 한 번 더 찰 수가 있었다.

조금만 더, 조금만 더!

겨우 10cm.

그 정도 거리면 되는데.

손이 닿지 않는다.

곤의 몸이 중력에 이끌렸다.

쿠쿠쿵!

그와 동시에 머리 위로 거대한 바위들이 무너져 내렸다.

Chapter 2. 살다 보면 이런 일도 생긴다

　"수십 년, 아니, 수백 년인가. 아니다. 한 천 년은 지난 거 같은데."

　"이런 영감탱이, 무슨 개소리를 그리 하누. 한 몇 년 지났을 거유."

　"이 할망구가 도대체 무슨 소리여. 내가 천 번을 잔 것까지 숫자를 셌는데."

　"어이구, 영감탱이, 노망이 왔구만. 이젠 별 시답지 않은 것으로 말꼬리를 잡누. 그나저나 이 젊은이는 누군고?"

　"희한하네. 우리 오크가 이렇게 못생겼나?"

　"노망이 온 것이 맞네. 오크가 이렇게 생긴 것 봤수? 인간이잖아, 인간."

"아, 인간. 그런데 인간이 어떻게 여길 오게 됐을까?"

"그러게 말이유. 우리도 나가지 못하는 곳을. 허참, 궁금하지만 인간이 깨어나기를 기다려 봐야지 별 수 있겠수."

"기다리긴 뭘 기다려. 지금 깨우면 되지."

"인간은 우리와 달라서 쉽게 부러지고 죽는다오. 아시면서 왜 그러우. 지금 이 인간은 꽤나 큰 상처를 입고 있잖수."

"에이, 궁금한데."

곤의 귓가에 무척이나 젊은 목소리가 들렸다. 젊은 목소리지만 말투는 노인네와 비슷했다.

곤은 눈을 떴다. 사지가 아프지 않은 곳이 없다. 이미 고통에 대한 내성은 있었다. 팔다리가 잘려나가지 않는 한 비명도 지르지 않을 자신이 있었다.

상대방이 누군지 확인하기 전까지는 쉽사리 움직이지 않을 생각이다.

"어라?"

"왜유?"

"이 젊은이, 깨어났네?"

"깨어났으면 얘기를 해야지, 왜 아직도 의식을 잃은 척하고 있누."

이건 또 무슨 소리?

곤의 심장이 약하게 뛰었다. 본인 자신도 깨어난 것을 인지한 지 얼마 되지 않는데. 아니면 다른 누군가가 곁에 있는 것일까.

갑자기 누군가 그의 눈을 잡고 위아래로 당겼다.

"여봐, 이 젊은 친구 깨어나 있는 것이 맞았어."

하마터면 심장이 멎을 뻔했다.

"누, 누구십니까?"

호흡을 가다듬은 곤이 물었다. 억지로 몸을 일으켰지만 쉽게 움직여지지가 않았다.

"음, 보통 구해준 자에게 고맙다고 말하는 것이 먼저이지 않나?"

"어이구, 이 화상아. 그렇게 하면 누구라도 놀라."

"그런가?"

"그래. 그렇다고. 어쨌건 젊은이, 가만있어 봐."

여인의 목소리가 들렸다. 곤은 목소리가 들리는 방향을 향해서 고개를 돌렸다.

아무것도 보이지가 않았다. 내공이 늘어남에 따라 시력이 급격하게 좋아졌다. 엄청난 높이에 떠 있는 새조차 종류를 분별할 수 있었으며 야간에는 약간의 빛만 있어도 사물을 분간할 수 있었다.

그런데 지금은 전혀 앞이 보이지 않았다.

내공을 잃은 것일까?

충분히 가능성 있는 일이다.

탁! 탁! 탁! 탁!

갑자기 누군가 육신을 두드렸다. 무학 스님께서 그의 육신을 두드릴 때와는 조금 달랐다.

그러나 혈도를 두드리고 있는 것만은 분명해 보였다.

"자, 다 됐다. 젊은이, 이제 몸의 고통은 많이 나아졌을 것이야."

정말이다.

금방이라도 떨어져 나갈 것처럼 욱신거리던 육체의 고통이 촛농 녹듯 사라져 갔다.

그런데 눈은 안 보인다. 형체조차도. 왜지?

"구해주신 것은 감사합니다. 그런데 누구시죠?"

"우리?"

"우리?"

남녀의 목소리가 동시에 나왔다. 그것은 묘하게 울림이 강했다. 그들의 목소리가 웅웅거리며 퍼졌다.

웅웅?

소리가 울렸다.

곤은 공기의 냄새를 맡았다. 약간의 물 냄새와 이끼 냄새가 뒤섞여 있다. 그리고 전체적으로 온도가 낮았다. 차가운 냉기가 감돌아 몸이 으슬으슬하다.

동굴이다.

곤은 내기를 끌어올렸다. 다행히도 내공은 잃지 않았다. 감각이 비약적으로 상승했다. 상대는 둘. 내공을 일으켰음에도 상대가 젊은지 노인인지 구별이 가지 않았다.

그들에게서 묘한 위화감이 풍겼다. 겉으로는 친절하게 말하면서 비수를 가지고 있을지도 몰랐다.

"펑펑."

곤이 읊조렸다. 펑펑의 기운이 느껴졌다.

"어이쿠, 정령이네? 이거 오랜만에 보는걸."

"쿠에에엑! 아이고, 주인. 나 잡혔어. 세상에! 이 쌍, 이거 안 놔?"

순간적으로 일어난 일이다. 펑펑은 소환이 되자마자 상대방의 손아귀에 붙잡혔다.

"이럴 수가?"

펑펑은 평범한 운디네가 아니다. 곤의 독기와 내기를 동시에 흡수하여 끊임없이 강해졌다. 지금은 자체적으로 독을 해독하고 뿌릴 수 있는 지경에까지 이르렀다.

그래서 펑펑은 최소한 동급의 정령에게는 밀리지 않는다.

그런 펑펑을 맨손으로 잡은 것이다.

"이보게, 젊은이. 그리 경계하지 말라고. 우리 같은 노인네가 해코지할 힘이 어디 있다고. 그리고 너도 옜다. 그나저나 운디네 색이 이상하구나."

여인의 목소리가 펑펑을 풀어주었다.

"아오, 깜짝이야! 도대체 당신들은 누구예요? 그리고 여긴 어딘데 이렇게 깜깜해요?"

"아차차! 미안, 미안. 너희 입장에서는 아무것도 보이지 않겠구나. 잠시만 기다리거라. 할아범, 힘 좀 써보구려."

"내참, 늙은 몸뚱어리가 말년에 왜 이리 고생하누."

거친 손길이 곤의 눈앞에 닿았다. 아까와 같은 손길이다. 손가락이 곤의 얼굴에 무엇인가를 써나간다.

룬어.

살롱쿠기가 방어 석상에 새겨 넣던 룬어이다. 오직 샤먼들만이 쓸 수 있다던 그 룬어가 곤의 얼굴에 새겨지고 있었다.

"자, 다 됐네. 비록 두 시간 정도지만 앞은 볼 수 있을 게야."

그의 말대로 순간 앞이 환해지면서 앞을 볼 수 있게 되었다.

"우하하하하! 저게 뭐래? 앞을 볼 수 있긴 한데 너무 웃기잖아."

펑펑이 배꼽을 잡고 웃었다.

"왜 웃어?"

"잘 생각해 봐. 내가 왜 웃는지."

그러고 보니 조금 이상하긴 했다. 눈이 좋아졌으면 전체적인 풍경이 보여야 하는데 곤이 볼 수 있는 곳은 한정되어 있었다.

"이, 이런."

얼굴 자체에서 빛이 나고 있었던 것이다. 얼굴이 횟불 대용이 됐으니 볼 수 있는 시야가 한정되어 있는 것이 당연했다. 남들이 본다면 무척이나 민망할 듯했다.

곤은 자신을 구해준 노인들을 보았다. 하마터면 소리를 지를 뻔한 기괴한 모습이다.

노파는 다리가 없이 노인에게 업혀 있다. 노인은 팔이 없다. 노파는 왼쪽 눈이, 노인은 오른쪽 눈이 없었다.

"우리 모습이 좀 이상하지?"

"당연히 이상하지. 세상천지에 우리 같은 모습으로 살아가는 노인이 어디 있겠어."

"하긴 그렇지. 그렇다고 너무 불쾌감을 보이지는 말게나."

"아닙니다. 생명의 은인이신 분들에게 제가 어찌 감히……."

"호호, 역시 인간들은 예의가 발라요. 저렇게 깍듯한 모습이라니. 얼굴은 엘프만큼 못생겼어도 성정은 착한가 보네요."

"예끼, 할망구야. 잘 생각해 보라고. 그렇게 예의바르던 인간들이 대륙을 어떻게 만들었나. 종족 전쟁을 일으킨 후 온갖 추악한 짓거리를 다 해댔잖아. 우리도 뒤통수를 맞고 악마의 정글로 기어들어 가게 된 거고."

"그렇긴 하네요."

꿀꺽.

어지간한 강심장을 가진 곤도 이들의 앞에서는 긴장하지 않을 수가 없었다.

먼저 이들에게는 세상의 모든 생명체가 가질 수 있는 기(氣)가 없었다. 아무리 내공을 돌려서 그들의 기를 살피려고 해도 보이지가 않았다.

그렇다는 말은 상대가 엄청난 고수이거나 죽은 자.

샤먼은 죽은 자도 되살릴 수 있다고 살롱쿠기가 말했다. 그렇다고 하더라도 이렇게 살아 있는 생명체처럼 버젓이 움직이게 할 수는 없었다.

그렇다면 이유는 하나였다.

상대는 곤이 상상할 수 없을 만큼의 고수였다.

"그런데 노인 분들께서는 누구신지……?"

곤이 조심스럽게 물었다.

"우리?"

"우리?"

또다시 똑같은 울림이 일었다. 울림이 길어질수록 등줄기가 서늘해졌다.

"우리가 누구였지? 할망구, 우리가 누구더라? 이름 따위는 생각 안 해본 지 하도 오래돼서 기억이 안 나네."

"어이구, 역시 노망났어. 아무리 그래도 어떻게 이름이 기억이 안 나."

"그러니까 뭐였냐고."

"당신은… 말똥, 나는 소똥이잖아."

"크하하하! 그랬나? 나는 말똥이고 당신은 소똥? 맞네, 맞아."

자칭 말똥이라는 노인은 거침없이 웃음을 터뜨렸다.

곤은 한숨을 내쉬었다. 잠시나마 이들의 대해서 궁금해하던 자신이 바보처럼 느껴졌다.

"어르신들, 여기는 어디죠?"

"여기?"

"네. 나갈 수 있는 길을 알 수 있을까 해서요. 제가 몹시 급한 일이 있습니다."

코일코와 씽의 생사가 불안했다. 제발 자신이 돌아갈 때까지 아무런 일이 없기를 바랐다. 특히 코일코는 씽과는 다르게 소년이다. 그 생지옥에서 살아남기란 쉽지 않은 일이다.

어서 빨리 이곳을 나가야 했다.

"이곳에서 나간다……. 할망구, 우리가 이곳에 얼마나 있었지?"

소 노인이 손가락 열 개를 쫙 폈다.

"시, 십 년?"

"설마? 적게 잡아도 백 년은 되었을 게야."

"그렇게나……. 그럼 이곳에는 나가는 길이 없습니까?"

"없어."

"말도 안 됩니다."

"말이 왜 안 되노. 우리가 이래 보여도 왕년에 한 실력 하던 오크들이거든. 그런데도 나가지 못했어. 그런데 겨우 젊은이의 능력 가지고? 어림도 없어. 천 년이 지나도 나가지 못해. 자네는 곧 미라가 될 거야. 그러니까 죽기 전까지 우리한테 재밌는 얘기나 해줘. 우리 무척 심심했거든."

그럴 시간은 없었다.

"펑펑."

"응, 주인. 아이고, 미치겠네. 제발 나를 보지 말아줘. 주인 얼굴만 보면 자꾸 웃음보가 터진단 말이야."

저게 지금 상황도 모르고…….

"헛소리 그만하고 이곳 좀 뒤져줘. 나갈 수 있는 길을 찾아야 해."

"알았어, 해볼게."

물속에서 얼마든지 잠수가 가능하고 하늘을 날 수 있는 펑펑이라면 반드시 탈출할 수 있는 길을 찾아낼 것이다.

그렇게 믿었다.

믿었지만 한 시간 뒤 찾아와 그녀가 한 얘기는 곤을 절망에 빠뜨렸다.

"미안, 주인. 당신은 이곳을 나갈 수가 없어. 바늘구멍만 한 구멍도 보이지 않아."

"그럴 리가 없어. 그럴 리가……."

곤의 마음이 먹먹해졌다. 여기서 나가지 못한다면 그 어린 코일코는 어쩌란 말인가. 자신의 생명이 문제가 아니었다. 코일코와 혜인을 살려야 했다. 그들만 살릴 수 있다면 무엇이든 할 수 있었다.

"저 젊은이 꼴을 보자니 무척이나 절박한 일이 있나 보지?"

"그러게 말이우. 눈빛부터 무척이나 초조한 것이 아주 다급해 보여."

"그럼… 이보게, 젊은이, 우리의 말을 들어보겠나."

말 노인이 빙긋 웃으며 말했다. 웃을 때 이빨이 모조리 사라져 무척이나 살벌했다.

"무슨 말씀 말입니까?"

"우리와 내기 하나 하지 않겠는가?"

"내기요?"

"그래, 내기."

"전 지금 그럴 시간도 마음도 없습니다."

"헐헐헐, 그러지 말고 일단 들어나 보게."

"정말입니다. 저는 지금 어르신들과 농담하고 있을 여유가 없습니다."

곤은 거절했다. 몇 번이나 노인들이 내기를 하자고 말했지만 대답하지 않았다.

저들의 주술은 빛과 함께 사라졌다. 어둠이 찾아왔다.

다행스러운 것은 시간이 지날수록 어둠 속에서 윤곽이 어느 정도 보인다는 것이다.

하지만 변하는 것은 없었다. 극심한 허기에 이를 악물고 참았다.

몇 번이나 펑펑이 날아올라 주변을 탐색했지만 결과는 마찬가지였다.

하루, 사흘, 나흘, 보름.

그곳에 흐르는 물만으로 허기를 달래기에는 한계가 있었다.

"이봐, 젊은이. 우리가 아직도 쌩쌩한 이유를 알고 싶지 않나?"

"뭡니까?"

곤이 물었다.

"킥킥킥, 우리 말부터 들어보는 것이 정상이 아닌가. 그러다가 자네 죽어."

"싫습니다."

"정말인가? 멍청하구만."

순간 곤은 엄청난 살기를 느꼈다. 늑대들에게 느끼던 살기보다, 거대한 늪 뱀에게 느끼던 살기보다, 뮤질란의 오크 전사들에게 느끼던 살기보다 훨씬 강한 힘이다.

평평도 그것을 느꼈는지 곤의 등 뒤로 몸을 숨겼다.

"이, 이런 힘이……."

"헐헐헐, 꽤나 힘들 거라 생각했는데 젊어서 그런지 이 정도의 살기는 금방 받아내는군."

"어이구, 이 노망난 노인네야. 그럼 우리가 예전 같은 줄 알아요. 저런 팔팔한 젊은이를 상대로 겨우 그 정도 가지고. 이 정도는 돼야 저 젊은이가 겁을 먹죠."

소 노인의 눈빛이 반짝이자 조금 전과는 차원이 다른 살기가 곤을 휘감았다.

"크흡."

마치 물속에 있는 것처럼 숨통을 조여온다. 어디로도 빠져나갈 수 없다는 절대적인 절망감.

숨을 참을 수 없어 피가 머리 꼭대기에 닿았을 때 소 노인이 뿜어낸 위압감이 사라졌다.

"헉헉헉헉!"

살았다는 안도감보다는 저 노인네들에 대한 두려움이 더욱 커졌다. 오랜 수련을 하면서 어지간하면 당하지 않을 자신이 있었다.

하지만 저들은 압도적으로 강했다.

손가락 하나, 발가락 하나 제대로 움직일 수 없을 만큼.

도대체 저 노인들은 누구기에…….

"이제야 우리의 얘기를 들어볼 마음이 생기느냐?"

말 노인이 웃으며 말했다.

"싫습니다."

"왜?"

"어르신들의 말은 절대로 듣지 않겠습니다."

"이래도?"

말 노인과 소 노인은 번갈아 가면서 곤의 육신을 옥죄었다.

말로 표현할 수 없는 극심한 고통. 죽을지도 모른다는 고통
보다 이제는 끝내주길 바라는 고통이 계속되었다.

"이제는?"

"크흑, 절대로 싫습니다."

고통은 계속되었다.

"이래도?"

"차라리 죽여!"

얼마나 고통이 반복되었을까.

"허허허, 이놈 참 외골수일세. 어지간하면 말 한 번 정도는
들어볼 텐데."

"어이구, 노망나신 양반. 젊은이 기운을 어떻게 당하려고."

"그래도 포기하기는 이르니까 내기 하나 하지."

"뭐로요?"

"우리가 항상 하는 거 있잖아, 그거."

"흠, 저 청년이 하지 않을 텐데?"

"그러니까 할망구가 힘 좀 써봐."

"이렇게?"

어느새 팔과 다리가 잘린 노인네들이 움직여 펑펑을 잡았다. 펑펑은 날갯짓 한 번 하지 못하고 사로잡혔다.

"이것 놔! 못생긴 노인네들아!"

"고렇게는 못하지."

"놓으라고!"

펑펑이 독을 뿜었다. 그녀의 독은 치명상을 입힐 정도는 아니나 최소한 황소를 마취시킬 정도는 되었다. 하나 펑펑의 독은 이들에게 통하지 않았다.

"흐으읍."

"이야, 운디네가 독을 뿌리다니 세상 오래 살고 볼 일이네. 마취독인가? 이야, 오래간만에 맛보니 좋네."

노인은 손에 묻은 펑펑의 독을 혀로 가져가 맛을 보았다. 그것을 본 펑펑은 기가 차서 특유의 독설도 내뱉지 못했다.

"그러게 말이유, 영감."

"그렇다면 이 독의 기운은 저 청년의 몸에서 나온 거겠지?"

"아마도요."

"세상 많이 변했네. 어쩐지 해부하고 싶어져."

"영감도 그렇소? 나도 그런데."

"오래간만에 의견이 딱 맞네?"

"그러게요."

펑펑을 잡고 있는 소 노인의 손아귀 힘이 강해졌다. 펑펑은 발버둥을 쳤지만 빠져나갈 수가 없었다. 끝내 그녀는 비명을 터뜨렸다.

"아악! 이 염병할 해골바가지 오크 노인네들! 나 죽으면 복수할 거야!"

잘못하면 펑펑이 소멸된다.

위험하다. 정말로 위험하다. 이건 의지로 버틸 수 있는 문제가 아니었다.

"원하는 게 뭡니까?"

"당연한 걸 묻는군, 젊은이."

"그러니까 그게 뭐냐고요."

"우리는 이곳에서 백 년 넘게 갇혀 있었네. 우리의 소원은 우리를 이렇게 만든 놈을 잡아서 사지를 뽑아 죽이는 거야."

"그런데요?"

"보다시피 우리의 육체는 시원치 않아."

섬뜩한 느낌이 든다.

"그래서요?"

"우리는 자네의 팔과 다리, 눈이 필요해."

"싫다면요?"

"이식 술법은 본인의 동의 없이 성사가 되지 않아. 그래서 내기를 제안하는 거야."

"제가 그쪽의 뜻을 따라야 할 이유가 없죠."

"있지. 첫 번째, 이 꼬마를 죽이고 싶나? 젊은이 눈깔을 보아하니 꽤 소중한 존재 같은데."

"……."

곤은 어금니를 물었다. 상대는 산전수전 다 겪은 자들이다. 그들은 곤의 머리 위에서 놀고 있었다. 그런 곤을 바라보던 노인이 펑펑을 풀어주었다. 펑펑은 노인들을 향해 혓바닥을 내밀고는 재빨리 곤에게 돌아왔다.

"둘째, 자네는 지킬 것이 있지? 이곳에서 반드시 나가야 하지?"

"그게 당신들과 무슨 상관이냔 말이오."

"역시 젊은것들은 예나 지금이나 버릇이 없어. 툭하면 튀어나오고. 그렇지 않우, 할멈?"

"에휴, 당신이나 시도 때도 없이 불끈불끈 나가는 그런 버릇 좀 죽여요. 이래서 저 젊은이가 우리 말을 듣겠나."

"헹."

"내가 이어서 말하지요, 젊은이."

잠시 곤의 눈치를 살피던 소 노인이 말을 이었다.

"우리의 공통점은 이곳에서 나가야 한다는 것이란 말이지. 알겠소?"

"네."

"하지만 다 같이 나갈 수가 없어. 우리는 완전한 몸이 필요해. 즉 당신의 팔과 다리, 눈동자가. 그럼 나갈 수가 있지요. 완전체가 되면 이런 흙으로 덮인 지붕 따위는…… 흠흠, 어쨌든 방금 이 노인네가 말했듯이 우리는 젊은이의 육체를 가지려면 반드시 본인의 동의가 필요하오."

"그래서요?"

"당연히 젊은이는 허락하지 않겠지. 대신 우리도 젊은이에게 기회를 주겠네."

기회라…….

엿 같은 소리 하지 말라고.

"동등한 기회지. 우리도 그렇게 몰염치한 오크들이 아니야. 자네가 이기면 우리가 가진 모든 능력을 가르쳐 주겠네. 대신 지면 자네는 우리에게 육체를 내놔야 돼."

"그게 무슨……?"

"믿기지 않겠지. 그럼 확실한 것만 보여주지. 우리가 자네를 어떻게 구했는지 아는가?"

"모릅니다."

"이거네."

소 노인이 손바닥에 무엇인가를 그렸다. 그곳에 희미한 영상이 떠오른다. 지옥과 같은 지하층에서 곤이 물속에 휘말리는 영상이다.

"자네는 이곳까지 오는 데 몇 번이나 목숨을 잃을 뻔했지. 하지만 기적적으로 살아남았어. 자네 힘으로 그곳에서 이곳까지 올 수 있었을 것 같나? 지하 폭포 안에서? 어림도 없는 소리지. 우리의 가호가 없었으면 오지 못했어."

"우리 육체의 능력치는 최하. 대신 자네의 육신을 얻으면 강해지네. 반대로 자네는 우리의 능력을 가지면 이곳에서 빠져나갈 수 있네. 이제 이해하겠는가?"

꿀꺽.

마른침이 넘어갔다.

저 노인네들이 말하는 바가 진실이라면…….

도박을 해야 했다.

하지만 지게 되면 나의 혜인과 코일코는 누가 구한단 말인가.

"허허허, 잡념이 많은 젊은이로세. 세상은 돌고 도는 것인데. 우리가 이곳에 있는 것도 마찬가지인 것을."

말 노인이 말했다.

"제가 이기면 정말로 이곳에서 나갈 수 있게 되는 겁니까?"

"내, 아니, 우리가 장담하지. 자네는 충분히 원하는 바를 이룰 수 있을 게야."

'지면?' 이란 말이 목구멍까지 넘어왔다가 들어갔다.

하지만 그것까지 바라는 것은 너무도 이기적인 생각이었다.

곤은 마음을 정했다.

"어떤 내기죠? 분명히 말하지만 동등해야 합니다."

"오호, 드디어 마음을 정했군."

"그러게 말이유. 다른 길이 없었을 텐데 참으로 생각이 신중한 아이 같네요."

"말씀이나 하시죠."

"규칙은 간단하네. 내기는 단 한 번에 끝이 나지."

말 노인이 말했다. 소 노인이 다가와 곤의 얼굴에 주술을 걸었다. 주변이 환하게 빛났다.

"우리끼리 하던 거니까 조금 규칙을 바꾸지. 이봐, 할아범, 허리 좀 숙여봐."

"이렇게?"

"그래."

말 노인은 면이 세 개인 돌을 주웠다. 그리고 그곳에 삼각, 네모, 동그라미를 손가락의 힘으로 그렸다.

"간단하게 설명하지. 삼각은 동그라미를 이겨. 동그라미는 네모를 이겨. 네모는 삼각을 이겨. 무슨 소리인지 알겠나?"

"네, 각자 이 돌을 한 개씩 던져서 승패를 결정하는 거군요. 제가 아는 가위바위보라는 놀이와 비슷합니다. 하지만 제가 어르신들이 어떤 힘을 쓸지 믿을 수가 없습니다."

"그렇겠지. 그럼 이렇게 하지. 이리 와라, 정령."

소 노인이 펑펑을 불렀다. 펑펑은 곤과 노인들을 번갈아 쳐다봤다.

"괜찮아. 가봐."

고개를 끄덕인 펑펑이 조심스럽게 노인들에게 다가갔다.

"아이야, 이거 들 수 있겠느냐?"

소 노인이 물었다.

펑펑은 작은 두 개의 돌덩이를 들었다. 무척 힘에 겨운 모습이다.

"드, 들 수는 있어요."

"그럼 내가 하나, 둘, 셋 하면 돌을 던질 수 있겠느냐?"

"네, 그 정도는."

소 노인이 곤에게 고개를 돌렸다.

"젊은이, 믿을 수 있겠소?"

곤은 고개를 끄덕였다.

이제는 정말로 운에 맡길 수밖에 없었다.

"정말로 지상으로 갈 수 있는 겁니까?"

"우리 목숨을 걸지."

"알겠습니다."

곤은 펑펑이 넘겨준 돌 하나를 받았다. 펑펑은 두 개의 돌을 양손에 쥐고 있다. 그녀도 꽤나 긴장한 눈치다.

"편하게 해, 편하게. 우리는 이미 늙은 목숨이 아닌가."

"홀홀홀, 그래도 우리의 늙은 목숨이 담긴 것이 아닌가."

"해봐야지. 일백 년 원한이 이곳에 담겨 있으니."

"그래야죠. 젊은이, 셋을 세면 던지세. 그쪽 정령도."

"알겠습니다."

"하나……"

끔찍한 번호가 불렸다.

겨우 한 번 번호가 불렸을 뿐인데 머리가 하얗게 변해갔다. 곤은 노인네들의 얼굴을 보았다. 눈빛이 눈에 띈다.

입꼬리가 올라갔다.

"둘……"

뭔가 잘못됐다.

여기서 그만이라고 외쳐야 했다.

"셋……"

늦었다.

셋에 작은 돌멩이 두 개가 허공을 날았다. 너무도 느리게 가는 시간이다.

혜인의 목숨, 코일코의 목숨, 씽의 목숨.

머릿속에서 주마등처럼 스쳐 지나갔다.

타탁, 타탁, 타탁.

돌멩이가 바닥에 닿았다.

＊　　　＊　　　＊

"헉… 헉헉… 헉……!"

절벽을 오르는 것은 처음으로 해본다. 아니, 천종산삼을 캐기 위해 아슬아슬한 절벽을 오른 적은 많았다. 하지만 지금처럼 미끌미끌하고 잘 보이지도 않는 절벽을 오르는 것은 처음이다.

한 발 내딛는 순간부터 목숨의 위협을 느꼈다.

고난이 닥칠수록 혜인에 대한 그리움은 커져만 갔다. 그녀에게 돌아갈 수 없을지도 모른다는 좌절감과 코일코, 씽에 대한 걱정이 곤을 더욱 세차게 몰아세웠다.

"어이, 젊은이, 그러다 죽어."

"아이구, 노인네. 그런 소리 마슈. 저러다 떨어지면 진짜 죽어요."

말 노인과 소 노인의 목소리가 들려온다. 바로 옆에서는 펑펑이 안절부절못하고 있다.

"주인, 여기서 죽으면 안 돼. 주인 죽으면 새로운 주인 찾을 때까지 꽤나 오래 걸린단 말이야. 나 그거 진짜 싫거든. 그러니까 제대로 하란 말이야."

도대체 응원을 하는 건지 뭔지…….

사실 동굴의 절벽을 올라가는 것보다 내려가는 것이 더 힘들었다. 물이 조금씩 흘러내려 미끄러운 것은 물론이거니와 이끼까지 잔뜩 끼어 있다.

처음에는 5m도 올라서지 못했다.

"이것 보라고. 저 젊은이는 쓸모가 없다니까. 차라리 다른 젊은이를 기다릴 것을 그랬어."

말 노인의 말이 들렸다. 그것이 더욱 화를 솟구치게 했다. 여기까지 온 이상 절대로 죽지 않는다. 손톱은 이미 뽑혀서 사라졌다. 손가락 끝은 피로 얼룩졌다.

도대체 저 노인들이 무엇을 가르쳐 줄지 모르지만 끝까지 한번 해볼 생각이다.

온몸의 뼈는 부러질 듯 말 듯 덜그럭거렸다. 말 노인이 살려 주지 않았다면 죽었을지도 모른다.

동굴의 절벽을 무사히 내려왔을 때 노인들이 살벌한 웃음을 지으며 말했다.

"젊은이, 아직 살아 있구만."

"이제 시작인 걸, 뭐. 아직 멀었어."

얼마나 시간이 지나갔는지 모른다.

곤은 소 노인과 말 노인의 말을 따라 이해가 가지 않는 수련을 반복했다. 먹을 수 있는 것은 그들이 주는 이름 모를 이끼와 동굴 옆에서 흐르는 지하수뿐이었다.

이끼에서는 매우 고약한 냄새가 났다. 노인들의 말로는 보지 않고 먹는 것이 나을 것이라 하였다. 곤은 숨을 삼키고 이끼를 먹었다. 먹는 즉시 구토가 나올 정도로 맛과 냄새가 역겨웠다.

그런 곤을 보며 노인들은 배가 불렀다고 했다.

자신들의 이름도 모른다는 소 노인과 말 노인의 지식은 상상을 초월했다.

만 가지 병을 다스릴 수 있는 주술,

폭풍의 분노를 일으킬 수 있는 주술,

대지의 산 자들을 참살할 수 있는 주술,

원령의 속삭임을 들을 수 있는 주술,

죽은 자를 소환할 수 있는 주술,

독의 강을 만들 수 있는 주술,

망령을 산 사람에게 빙의시킬 수 있는 주술 등,

샤먼의 주술은 깊고 넓어 단시간에 익히기는 불가능했다.

이들은 고대 샤먼들이 확실했다. 존경하던 살롱쿠기조차 월등하게 뛰어넘는 그런 샤먼들.

"젊은이, 이리 와서 앉게나."

한창 동굴 근처 수로에서 수련하고 있는 곤을 말 노인과 소 노인이 불렀다. 비록 거래에 의해서 가르침을 받고 있지만 그들은 스승이나 진배없었다.

곤은 그들을 깍듯하게 대했다.

"알겠습니다, 어르신."

곤은 가부좌를 틀고 자리에 앉았다. 소 노인이 그의 육신을 손바닥으로 쳤다.

"고약한 놈에게 걸렸구만. 아직도 살아 있는 것이 신기할 지경이여."

소 노인은 알 수 없는 말을 중얼거렸다.

"무슨 말씀이신지……."

"자네는 호레의 돌을 봤는가?"

호레의 돌?

"그 기이한 문양의 돌을 말씀하시는 겁니까?"

"맞네, 젊은이."

"몇 번 본 적이 있습니다."

"경고하지만 그 돌을 절대 가까이 하지 말게나."

"무슨 연유로……?"

"알면 머릿속에서 맴돌 것이네. 그러니 모르는 것이 좋을 것이야. 하여튼 절대로 가까이 하지 말게나. 돌은 지니고 다니는 순간 자네의 육체는 자네의 것이 아니게 될 거야."

곤은 그들의 말을 이해할 수가 없었다.

"모든 것을 발단은 이것. 이 몹쓸 것."

소 노인이 곤의 어깨를 탁탁 쳤다. 그의 어깨는 아직도 변색이 진행 중이었다. 그것으로 인해 내기를 두 개로 나누었다.

독 내기와 무상심법의 내기로.

"젊은이, 가끔 무의식적으로 살의가 강해지거나 폭력적으로 변하기도 하지?"

"음, 조금 그런 것 같기도 하고."

"아마 자네는 잘 인지하지 못했을지도 모르지. 하지만 자신도 모르는 사이에 이 요물에게 먹히고 있었을 게야."

"이 어깨의 상처와 관계가 있습니까?"

"당연하지. 이 상처가 처음 생겼을 때를 생각해 보게나."

상처가 처음 생겼을 때?

죽은 일본군 헌병에게 물렸을 때다. 놈에게 물린 이후 몸에서 독의 내기가 생겨나기 시작했다.

"짐작이 가나 보군."

"네."

"혹여 이것이 자네를 보호하고 있다고는 착각하지 말게. 이것은 자네를 호레의 돌에게 바치고 있던 것이야. 즉 인신 공양이지."

"이 상처가……."

순간 등골이 오싹해졌다. 일본군의 망령이 자신을 지옥으로 인도하고 있었다니.

"홀홀홀, 하지만 말이야, 상처를 만든 원령의 원기를 빼내면 꽤나 유용하게 쓸 수도 있지."

"어떻게 말입니까?"

"잘 듣게, 젊은이. 이제 우리는 자네에게 머리로 배우는 것은 모두 가르쳤네. 그것을 갈고닦는 것은 모두 자네 몫이야. 그리고 우리는 자네가 이곳에서 나갈 수 있도록 약속했지."

"그랬지요."

"이제부터 자네를 이곳에서 나갈 수 있도록 해주겠네."

"지, 지금 말입니까?"

"왜, 싫은가?"

"아닙니다. 뜻밖이라서……."

"그럼 가부좌로 자리에 앉아 있게. 우리는 지금부터 자네의 상처에 담긴 원기를 빼낼 것이네. 그렇게 된다면 자네는 독기를 자네 마음대로 쓸 수 있을 것이네."

독 내기를 마음껏 쓸 수 있다면 그의 살상력은 배가 될 것이다. 지금까지 그것을 쓰지 못한 이유는 알 수 없는 위화감과 꺼림칙함 때문이다.

곤은 자세를 바로잡았다. 그의 목을 소 노인의 손이 휘감고 허리는 말 노인이 감았다.

순간 곤의 머릿속에 다른 환경이 보이기 시작했다.

*   *   *

죽은 자. 말로는 표현할 수 없고, 상식적으로 이해를 할 수 없는 그분들.

샤먼으로서 극의를 봤던 그분들은 죽은 것이 분명하지만 인간세계에서 움직일 수 있었다.

이런 현실을 말로 표현할 수 있을까. 어찌 표현할 수 있을까.

펑펑은 무섭다고 난리를 쳤지만 곤은 그런 마음이 조금도 들지 않았다. 한평생 오크들을 위해서 사신 위대한 샤먼들이었다.

비록 자신들의 뜻을 끝까지 펼쳐 보이지는 못했지만.

곤은 수로 속에 있는 돌을 꺼내 단을 쌓았다. 그러고는 손가락으로 허공에 주문을 그렸다.

"화염의 술."

작은 불길이 생겨났다. 불길은 서서히 움직여 단 위에서 타올랐다.

곤은 그곳을 향해서 두 번의 절을 올렸다.

"감사합니다, 대샤먼 크레타스, 말린이시여."

절을 마친 곤은 자리에서 일어났다. 펑펑이 날아와 곤에게 물었다.

"주인, 그건 무슨 행동이야?"

"뭐?"

"두 번 엎드린 것."

"절이라고 하지. 이곳에서는 죽은 사람에 대한 예를 차리기 위해 절을 하지 않나?"

"절? 우리가 하는 것은 왕에게 하는 절밖에 없는데. 죽은 자는 무조건 화장을 해. 안 그러면 죽은 자가 돌아와서 가족에게 해코지를 한다고 믿거든. 그게 사실이기도 하고."

곤은 고개를 끄덕였다. 죽은 자가 버젓이 움직이는 것을 두 눈으로 목격했다. 더군다나 자신에게 모든 것을 전수해 준 것도.

"그나저나 팔은 괜찮아?"

펑펑이 곤의 팔을 가리켰다. 곤의 양팔은 이해할 수 없는 룬 문자로 가득 차 있다.

"괜찮아."

"그럼 다행이네. 어쨌든 두 노인네 덕분에 우리 모두 살았네. 정말 놀라워. 전설의 대샤먼 크레타스와 말린이 이곳에서 죽었을 줄이야."

"그분들은 선하게 살다 가셨어. 그분들은 모든 것을 잊으라고 하셨지만 그건 고인에 대한 예의가 아니지."

"그분들의 복수를 해주려고? 이미 다 늙어서 죽었을 텐데?"

"같은 동료였다고 들었다. 하지만 놈은 같은 동료를 모조리 지옥 속으로 밀어 넣고 큰 부를 얻었다고 하더군."

"정말 더럽고 얍삽한 새끼네. 그 새끼 이름은 뭔데?"

"몰라."

"그럼 성은?"

"단서는 비둘기. 그것 하나밖에 없어. 그리고 인간이다."

"찾을 수 있겠어?"

"비둘기를 가문의 상징으로 쓰는 자들이라면 놈의 후예겠지."

"흠, 좀 위험해 보인다."

"하나씩 할 거야. 너무 걱정하지 마. 일단 코일코부터 찾아야지."

"그래. 제발 살아 있었으면 좋겠다."

"가자."

곤과 펑펑은 수로 쪽으로 걸음을 옮겼다. 예전과는 다르게 어둠 속에서도 모든 것을 완벽하게 볼 수 있었다. 그가 손가락으로 허공에 주문을 그렸다. 생겨난 주술이 곤의 몸을 감쌌다.

혜인아, 이제 시작이다. 이곳의 일을 모두 해결하고 네게 돌아갈게.

곤과 펑펑의 몸이 점점 수로 속으로 잠겨들었다.

＊　　　＊　　　＊

곤과 펑펑이 던진 두 개의 돌이 허공에 떠올랐다. 그들의 눈이 돌을 쫓았다. 꽤나 긴장한 모습이다.

'꽤나 귀여운 아이지요? 강단도 있어 보이고.'

크레타스가 말린에게 속삭였다.

'그러게. 아직까지 독 내기에 먹히지 않았다는 것은 의지가 그만큼 확실하다는 것이겠지. 더군다나 저 아이에게서 살롱쿠기의 냄새가 나.'

'오, 불쌍한 우리의 제자. 지금쯤 꽤나 나이가 들었겠죠?'

'그렇겠지. 우리가 이렇게 되지만 않았으면 꽤나 훌륭한 샤먼이 되었을 텐데.'

'보고 싶죠, 그 아이? 우리에게는 자식과 같은 아이였는데.'

'헐헐헐, 당연히 보고 싶지. 당장이라도 밖으로 나가 우리를 이렇게 만든 놈을 죽이고 살롱쿠기를 찾아가고 싶어.'

'그럴 수 없다는 것을 알잖아요. 우리는 이미 망자. 이렇게 살롱쿠기의 제자를 만난 것만 해도 기적에 가까워요.'

'생명이 신 단가께서 우리를 불쌍히 여겨 이런 인연을 만들어줬나 보오.'

'마지막 인연이기도 하고요. 저 아이는… 마지막 재앙술사가 될 거예요.'

크레타스는 곤이 보이지 않게 허공에 주문을 그렸다.

돌이 떨어져 내렸다.

곤의 돌에는 동그라미가 그려져 있다. 그리고 크레타스와 말린의 돌에는 네모가 그려져 있다.

"이, 이겼어, 주인!"

펑펑이 곤의 뺨을 잡고 자신의 뺨을 비벼댔다. 꽤나 기쁜 모양이다.

그런 곤과 펑펑을 보며 크레타스와 말린은 빙그레 미소 지었다.

Chapter 3. 꽤 쓸모 있는 녀석

샤르토는 뮤질란의 외곽 마을에서 음식점과 여관을 동시에 운영하고 있었다. 하지만 워낙 외진 곳에 위치하여 손님은 없고 파리만 날리는 실정이다.

그는 가족들을 먹여 살리기 위해 뮤질란의 젖줄이라 할 수 있는 켈린 호수에서 낚시를 했다.

낚시라고 해서 한가롭게 하는 것이 아니었다. 워낙 위험한 몬스터들이 자주 출몰하여 잠시도 긴장을 놓을 수가 없었다.

잠시라도 마음을 놓고 있다가는 옆집 오크처럼 시체도 찾지 못할 수가 있었다.

그는 육상 몬스터가 아닌 해상 몬스터 귀식귀에게 잡아먹혔다. 귀식귀는 켈린 호수에서 최강으로 군림하는 몬스터다. 몸

길이만 자그마치 5m에 달하고 팔이 네 개나 달려 있다.

갑자기 팔이 쑥 튀어나와 낚시를 하는 오크들을 잡아먹는 것이다.

쏴아아아!

넓고 잔잔한 호수.

말이 호수지 건너편이 보이지 않을 정도로 넓었다. 사실 이 곳은 많은 종족의 식수원이었다. 하지만 뮤질란이 자리를 잡고서부터는 오크 외의 다른 종족은 얼씬도 하지 못했다.

곳곳에서 가난한 오크들이 자리를 잡고 낚시를 하고 있었다. 배를 띄우는 짓은 하지 못했다. 그랬다가는 10분도 되지 않아 귀식귀의 먹이가 될 테니까. 그놈뿐만 아니라 위험한 해상 몬스터가 즐비했다.

"아, 젠장. 오늘은 한 마리도 못 잡았네. 이러면 마누라한테 욕을 바가지로 먹을 텐데."

샤르토는 빈 바구니를 보며 혀를 찼다.

어제는 그래도 큰 물고기를 세 마리나 잡아서 간신히 끼니를 때울 수 있었다.

"이럴 줄 알았으면 새끼를 적게 낳는 건데."

후회해도 소용없었다. 그는 열두 명이나 되는 자식을 낳았다. 그들을 모두 키우기 위해서는 장기라도 뮤질란 오크들에게 팔아야 할 판이었다.

샤르토는 긴 한숨을 내쉬었다.

어느새 해가 저물었다. 멀리서 석양이 지고 있다. 꽤나 운치 있는 풍경이다.

"에이쿠, 이러고 있을 때가 아니지."

그는 서둘러 낚시를 접으려고 했다. 밤이 되면 온갖 야행성 몬스터들이 튀어나오기 때문이다. 다른 낚시꾼들도 낚시를 접고 집으로 향했다.

"어라?"

낚싯대가 움찔거렸다. 뭔가가 잡힌 것이다. 샤르토는 낚싯대를 움켜잡았다.

꽤나 힘이 센 놈이다. 팔의 심줄이 불끈 튀어나왔다. 마지막에 대어가 걸린 것이다.

"시간이?"

점점 석양이 짙어졌다. 조금 위험하기는 하지만 가족의 생계를 위해선 반드시 이놈을 잡아야 했다.

그는 있는 힘껏 낚싯대를 당겼다. 오크는 다른 종족에 비해서 힘이 월등했다. 당연히 어지간한 물고기는 힘들이지 않고 잡을 수 있었다.

그런데.

"무, 무슨 물고기가 이리 힘이 세노."

굉장한 힘이다.

마을에서 힘자랑깨나 하고 다니던 샤르토조차 몸이 끌려가고 있다. 낚싯대를 잃으면 안 되었다. 특히 인간들이 만든 낚싯바늘은 상당히 고가에 거래되었다. 오크들의 솜씨론 만들 수가 없었다.

최소 두 달 치 식료품 값이었다.

"아, 안 돼."

그의 몸이 호수 쪽으로 딸려갔다.

푸확!

그 순간 거대한 몸집의 귀식귀가 네 개의 팔을 벌리며 나타났다. 낚싯대에 걸린 놈이 귀식귀였던 것이다. 기겁을 한 샤르토는 낚싯대를 놓치고 엉덩방아를 찧었다.

귀식귀의 네 팔이 샤르토의 사지를 잡았다. 힘을 주면 금방이라도 찢어질 듯하다.

"여, 여보, 나 먼저 갈 듯하이. 미안혀."

아이, 아내와 함께 지내던 시절이 주마등처럼 스쳐 지나갔다.

그때였다.

퍼퍼퍼펑!

귀식귀의 몸이 폭발하듯이 사방으로 흩어지는 것이 아닌가.

후두두득!

그토록 두렵던 귀식귀가 산산조각이 났다. 그 사이로 누군가 나타났다.

"아오, 주인, 힘 조절 좀 해. 이게 뭐야. 겨우 생선 따위한테."

"저, 정령?"

"아직 멀었다. 이 정도 가지고."

"그리고 인간?"

"헤이, 거기 오크 아저씨. 어서 피해요. 이놈 한 놈뿐만이 아니니까."

운디네처럼 보이는 녹색의 정령이 한쪽 눈을 찡긋거리며 말한다.

그리고 샤르토는 믿을 수 없는 광경을 목격했다.

정령과 인간을 쫓아온 대여섯 마리의 귀식귀가 한꺼번에 짓이겨져 분쇄되는 장면을.

*   *   *

곤은 치밀어 오르는 화를 가라앉혔다. 눈앞의 오크에게 화를 낼 필요가 없었다. 그는 있는 사실만 얘기했을 뿐이니까.

"다시 한 번 얘기해 주시겠습니까?"

곤이 물었다.

"그러니까⋯⋯."

샤르토는 뺨을 긁적거렸다.

한 달 전 태양의 신전에서는 큰 변고가 있었다. 화재가 발생하고 많은 노예가 죽은 것이다. 잡혀 온 수백 명의 오크와 엘프가 죽었고, 그중에서 간신히 살아남은 자들은 얼마 전에 노예로 팔려갔다고 한다.

곤의 얼굴이 구겨졌다.

"그 노예 중에 어린아이도 있었습니까?"

"그건 모르겠소. 도시 안에 산다면 모를까."

샤르토는 고개를 흔들었다.

"무슨 일인지 모르지만 오늘은 늦었으니 위층에서 쉬시구려. 생명의 은인이니 돈은 받지 않겠소."

샤르토는 2층에서 운영 중인 여관방으로 곤을 안내했다. 다섯 개의 방이 있었지만 모두 비어 있었다. 샤르토는 창가가 있는 방을 내주었다. 여관에서 가장 비싼 방이지만 손님이 없어 내주기로 한 모양이다.

*　　　*　　　*

오래간만에 뜨거운 물로 목욕을 한 곤은 샤르토에게 말해 검은 옷 한 벌을 얻었다.

없는 살림이지만 생명의 은인인 곤의 부탁을 거절할 수 없어 샤르토는 자신이 입던 옷 한 벌을 건네주었다.

팔과 다리가 약간 짧았지만 그렇다고 못 입을 정도는 아니었다.

"주인, 이제 어쩌려고?"

"일단 한숨 자자."

"계획은 있어?"

"있지, 그럼."

"뭔데?"

펑펑은 궁금하다는 듯이 동그란 눈을 더욱 크게 떴다.

"휴식부터 취하자."

곤은 낡은 침대에 몸을 뉘었다. 머리를 베개에 댄 지 몇 초도 되지 않아 곤은 잠이 들었다.

"힝, 나빠, 주인."

펑펑의 몸도 사라졌다.

그들이 일어났을 때는 자정이 넘은 시간이었다. 작은 풀벌레 소리는 들리지만 대체로 무척이나 조용했다.

"이제야 머리가 개운하네."

자리에서 일어난 그는 반듯하게 자른 얇은 종이 위에 여러 가지 형태의 룬어를 그렸다.

"그게 뭐야?"

펑펑이 눈을 비비며 나타나 물었다.

"부적."

"그러니까 그게 뭐하는 건데?"

"아직 나는 술법에 익숙하지 못하니까 이런 식으로 주문을 미리 적어놓는 거야."

"아하, 그러니까 마법 무구 같은 건가 보네."

"마법 무구?"

"응, 일회용도 있고 영속적인 것도 있지만, 대체로 어떤 물건에 마법의 기운을 불어넣는 거지."

마법에 대해서는 펑펑에게 몇 번이나 들은 적이 있다. 사실 샤먼과 마법사의 구분이 미묘했다. 샤먼은 신의 힘을 이용하고 마법사는 자연의 힘을 이용한다지만 곤으로서는 구별하기가 쉽지 않았다.

지금도 마찬가지였다. 부적을 만드는 기술도 마법에 있다면 왜 굳이 구별을 해놓느냐는 것이다.

만든 부적을 품에 챙긴 곤이 펑펑에게 말했다.

"가자, 펑펑."

"어디로?"

"태양의 신전으로."

"코일코도 없는데?"

"놈이라면 어디로 갔는지 알겠지."

"그 뒤룩뒤룩 살찐 오크 놈?"

"그래."

"이번에는 잡기 쉽지 않을 텐데. 예전보다 몇 배나 많은 경비병이 있을 거라고."

"다 생각이 있지."

곤은 2층에서 뛰어내렸다. 주변에는 아무도 없었다. 길을 어느 정도 알기에 그는 빠른 걸음으로 도로를 걸었다. 화려한 불빛이 보였다. 집창촌과 여관촌이다. 아름다운 엘프들은 호객 행위를 하고, 술에 취한 남성들은 그녀들의 손에 이끌려 집창촌 안으로 들어갔다.

"역겨워."

펑펑이 속삭였다.

"사회란 이런 거야. 밝은 곳이 있으면 음지도 있는 법이지."

곤은 그곳을 지나쳤다. 몇몇 엘프들이 그의 팔을 잡았지만 뿌리쳤다. 그녀들이 뒤에서 욕하는 소리가 들렸다.

마을을 지나자 다시 고요함이 찾아왔다. 어느새 뮤질란에 다다랐다. 높은 성문은 굳게 닫혀 있고 대여섯 명의 오크 전사가 성문 앞에서 보초를 서고 있다.

"꽤나 경계가 강화되어 있네."

곤은 고개를 끄덕였다. 토르소가 바보가 아닌 이상 경계 병력을 대폭 강화하는 것은 당연했다.

하지만 곤은 그때의 곤이 아니었다.

지금의 곤은 샤먼이다.

"역광(逆光)의 술법."

곤은 손가락으로 허공에 부적 한 장을 던졌다.

부적은 주문과 함께 불이 붙더니 산들바람처럼 주변으로 흩어졌다.

"가자."

곤은 앞장서서 걸어갔다.

"어, 어? 이봐, 주인, 미쳤어? 앞에는 오크 전사들이 있다고."

"걱정하지 말고 따라와."

곤은 경계를 서고 있는 오크들을 향해서 걸어갔다. 오크들은 곤이 코앞에 올 때까지 눈치채지 못했다.

황당한 것은 펑펑이었다. 어떻게 바로 코앞에서 곤을 보지 못할 수가 있단 말인가.

끼이익!

성문이 열렸다. 안쪽에서 대여섯 명의 오크가 모습을 드러냈다. 그들은 경계를 서고 있는 오크들에게 반갑게 인사했다.

"별일 없는가?"

"어여들 오라고. 아함, 피곤하구만. 어서 들어가서 술이나 한잔하고 자야겠어."

경계를 서던 오크들이 말했다.

"너무 많이 마시지 말게나. 내일부터 축제라고. 제대로 즐기려면 정신이 맑아야 해."

"알아, 알아."

보초들이 교대했다. 오크들이 성문 안쪽으로 들어가자 곤과 평평은 그들의 뒤를 따랐다. 문이 완전히 닫힐 때까지 그들은 알아차리지 못했다.

곤과 평평은 오크들에게서 멀어져 다른 길로 움직였다. 성내도 조용하기는 마찬가지였다.

내일 벌어질 피의 축제를 맞이하기 위해서 심신을 경건히 하고 있는 것처럼도 느껴졌다.

"주인."

"응."

"방금 전에 오크들이 왜 우리를 보지 못한 거야?"

평평이 물었다.

"간단해. 역광의 술법이라고 해서 빛을 교차시키는 주문이야. 모든 종족은 자신이 보고 싶은 것만 보는 경향이 있어. 우리는 빛의 교차만으로 그들의 시야에서 사라진 거지."

펑펑은 팔짱을 끼고 뭔가를 골똘히 생각했다. 그러다 이내 고개를 흔들었다.

"뭔 소린지 모르겠어."

"그런 게 있다. 나도 두 분 어르신 아니었다면 깨치지 못했을 거야. 깨달음이라고 해야 하나?"

"나중에 천천히 가르쳐 줘."

"그러지."

"그럼 이제 우리는 어디서 뭘 해야 하는 거지?"

곤은 펑펑을 보며 씨익 웃었다. 코일코에게 보이던 그런 미소이다. 하지만 펑펑은 그 웃음이 무척이나 잔인하다고 느꼈다.

*　　　*　　　*

축제의 날이 되면 뮤질란에 존재하는 모든 존재는 자아를 잃는 것 같았다.

그들은 아침부터 무척이나 들떠 있었고, 오직 축제가 시작되기만을 기다렸다.

곤은 대충 식사를 하고 여관 밖으로 나왔다. 샤르토는 곤에게 축제 구경을 가는 것이냐며 물었다. 곤은 그렇다고 대답했다. 비록 우연하게 그의 목숨을 살리기는 했지만 시시콜콜 대답할 만큼 친한 것은 아니었다.

"이야, 시작하겠다. 빨리 가자. 좋은 자리를 맡아야지."

"그래, 저번에는 몇 분 늦었다고 맨 뒷자리에서 축제를 지켜 봤다니까."

들뜬 거리.

집창촌과 여관촌의 주인들마저 일거리를 내팽개치고 축제를 보기 위해 분주히 발걸음을 옮겼다.

곤은 그들의 뒤를 따라 걸었다. 어차피 서둘러 갈 필요도 없었다.

오크와 인간들이 썰물처럼 빠져나가 성안으로 들어갔다. 성문 앞을 지키던 오크들도 보이지 않았다.

아무도 곤을 신경 쓰지 않았다.

바람은 오늘도 눅눅했다. 조금만 움직여도 땀이 흘러내렸다. 그래도 오크와 인간들은 조금이라도 늦으면 안 된다는 듯이 뛰었다.

곤은 천천히 걸었다. 모두가 사라진 황량한 도로를.

"토르소! 토르소! 토르소!"

태양의 신전 근처에 다다르자 오크와 인간들의 열광적인 함성이 들려왔다.

태양의 신전 계단 밑에는 산 채로 죽음을 맞이하게 될 엘프와 오크들이 밧줄에 줄줄이 묶여 있었다. 그들은 공포가 극에 달한 눈빛으로 살려달라고 외쳐댔다.

이윽고 화려하게 치장을 한 토르소가 나타났다. 곤이 코와 이빨을 박살 냈지만 티는 나지 않았다. 다크 샤먼들의 치료 술법으로 어느 정도 회복했을 것이다.

"주인."

펑펑이 곤이 어깨에 앉았다. 인간들은 몰라도 정령을 믿는 오크나 엘프의 눈에는 펑펑이 보인다. 하지만 그들은 펑펑을 신경도 쓰지 않았다.

오직 곧 시작될 미친 피의 축제에 온 정신이 나가 있었다.

그것을 알기에 펑펑은 모습을 드러낸 채 곤과 어깨에 앉은 것이다.

"응."

"주인이 어제 한 일은 뭐야?"

펑펑이 보기에 곤은 이해할 수 없는 일을 했다. 그것과 지금 벌어지고 있는 축제와 어떤 연관이 있는지 궁금했다. 곤은 빙그레 미소만 지을 뿐 대답해 주지 않았다.

답답했다.

"우리의 축제."

역시나 미묘한 답변.

"지켜보면 돼."

어린 엘프들이 토르소가 있는 곳까지 끌려 올라갔다. 그들은 자신의 심장이 산 채로 뽑힐 때까지 살려달라고 빌었다. 토르소가 심장을 뽑아 하늘로 들어 올리자 함성이 더욱 커졌다.

이번에는 코일코 또래의 오크가 끌려 올라갔다. 조금 전 일어난 참혹한 살육을 본 아이는 반쯤 실성했다. 살려달라는 말도 하지 못하고 덜덜 떨기만 할 뿐이다.

저토록 어린아이이건만……

저 잔혹한 괴물은 가차 없이 욕망의 대상으로 삼았다.

"토르소! 토르소! 토르소!"

광기의 축제는 열기를 더해갔다.

취이이이익!

곳곳에서 신의 축복이라 불리는 연기가 흘러나왔고, 오크와 인간들은 그것을 삼키기 위해 숨을 거칠게 내쉬었다.

연기를 마신 그들의 눈동자가 조금씩 풀렸다. 흥분한 몇몇은 옷을 벗었다.

하나둘 다른 자들도 옷을 벗고 미친 듯이 토르소를 연호했다.

오크와 인간들이 집단 성교를 맺는다.

"다시 봐도 구역질 나는 장면이야."

펑펑은 눈살을 찌푸렸다.

"동감이야. 자, 그럼 이제 시작해 볼까."

곤은 태양의 신전을 향해서 걷기 시작했다.

"주인, 위험하게 어딜 가?"

"어딜 가긴, 원수들 목 따러 간다."

"그게 무슨 소리야?"

"자, 봐."

곤은 태양의 신전과 광장을 가리켰다.

"이, 이럴 수가?"

펑펑은 놀라서 입을 다물 수가 없었다.

광장에서 미칠 듯한 욕망을 내뿜던 종족들이 모두 거짓말처럼 쓰러지는 것이 아닌가. 그들은 입에 거품을 물며 괴로워했다.

뮤질란의 오크 전사도, 마을의 오크들도, 상인들도, 엘프들도, 노예들도, 다크 샤먼도, 그리고 토르소도.

단 한 명도 예외가 없었다.

순식간에 도시는 침묵 속으로 빠져들었다.

"도, 도대체 무슨 마법을 부린 거야, 주인?"

"너도 알잖아."

"뭘?"

곤은 펑펑에게 손바닥을 쫙 펴 보였다.

"내가 가장 자신 있어 하는 것이 독이라는 것."

펑펑은 그제야 어제 곤이 하던 일의 이유를 깨달았다. 그는 어제 이곳에서 쓰일 약초를 매만졌다. 따지고 보면 엄청난 양의 약초였다.

그 약초를 모조리 독으로 오염시켰다는 말이다.

"이 많은 자를 모두 죽인 거야?"

"내가 무슨 수로 이 많은 자들을 죽여? 딱 한 시간이야. 한 시간 정도만 마비되어 있을 거야. 그동안 너는 노예들을 풀어 줘. 네가 가진 해독 능력으로 충분히 중화시킬 수 있으니까. 그리고 그들에게 전해. 서둘러 이곳을 빠져나가라고. 그렇지 않으면 죽는다고."

"아, 알았어."

고개를 끄덕인 펑펑은 날아올라 쓰러져 있는 노예들을 향해서 날아갔다.

저벅저벅.

거대한 도시에 맞지 않게 믿을 수 없는 적막 속에서 곤의 발자국 소리만이 울렸다.

그는 오크들의 얼굴을 일일이 확인했다. 시간이 별로 없었지만 좋아진 시력은 주위를 한 번 훑는 것만으로 인상착의를 확인할 수 있었다.

한 놈 찾았다.

곤은 발가벗은 채 인간과 교합을 맺고 있다가 마비된 케르만에게 다가갔다. 씹어 먹어도 시원찮을 볼튼의 아버지. 어쩌면 이 발단의 모든 것.

"어이, 아저씨, 오랜만이에요."

케르만도 곤을 알아봤다. 동공이 확장된다.

곤은 케르만을 향해서 싱긋 웃어주었다. 케르만의 두려워하는 눈빛이 역력하다.

왜? 왜 그런 표정을 짓는 거지? 빌어먹을 개자식.

곤은 손도끼를 꺼내 그의 양 팔목을 내려쳤다. 반쯤 잘린 팔목이 갓 잡힌 물고기처럼 펄떡거리며 떨어졌다. 케르만은 자신의 팔목을 잡고 고통을 이기지 못하고 좌우로 몸을 흔들었다.

푸식!

또 한 번 내려친다. 팔목이 완전히 잘려나갔다.

"크르르르."

정신을 차릴 사이도 없이 그는 입에 거품을 물었다.

"해독술."

곤은 그의 몸의 독성을 중화시켰다. 독성이 중화된 만큼 고통은 몇 배, 아니, 수십 배로 늘어날 것이다.

"크아아아악! 이, 이 개새끼."

"개새끼는 너고."

곤은 그의 발목도 잘라냈다.

"으아아악! 제발, 제발! 왜 그래? 다 끝났잖아! 도대체 왜 이래?"

"다 끝나긴, 너만 잘 먹고 잘살게 할 수는 없지. 볼튼 어디 있어?"

"크흐흑! 없어."

"없어?"

픽! 픽!

무릎 아래를 잘라냈다. 곤은 잘린 상처에 부적을 붙여 더 이상 피가 나오지 않도록 했다. 오랜 시간 동안 기다린 순간인데 쉽사리 죽도록 내버려 둘 수는 없었다. 케르만의 비명은 더욱 살의를 느끼게 할 뿐이다.

"어디 갔어? 볼튼 이 새끼."

"없어, 정말이야. 노예들을 데리고 왕국으로 갔어."

"무슨 왕국?"

"그것까지는 잘 몰라. 내, 내 아들이지만 나에게 좀처럼 제대로 얘기한 적 없단 말이야."

"흠, 그렇단 말이지."

놈과 결판을 낼 수 있을 것이라 여겼지만 어쩔 수 없었다. 볼튼과는 나중을 기약해야 했다.

케르만은 눈물을 글썽거리며 살려달라고 빌었다. 곤은 울며 비는 케르만의 목을 잘라 버렸다. 많은 오크들이 그 모습을 보았다. 특히 황색 오크 마을 출신의 오크라면 곤을 보고 기겁을 했다. 곤은 그들을 찾아다녔다.

그리고 마을을 배신한 오크를 하나씩 찾아서 머리를 벴다.

곤은 배신자들의 목을 모아서 밧줄로 묶은 다음 아무렇게나 끌었다. 주변의 모든 오크들이 조금 전 일어난 학살을 보며 숨을 제대로 쉬지 못했다.

곤은 배신자들의 머리를 들고 태양의 신전 계단을 올랐다. 계단은 어린 엘프와 오크의 죽음으로 인해 피로 흥건했다.

계단을 오르자 입에서 거품을 물고 토르소가 누워 있다.

비록 움직일 수는 없다고 하더라도 정신은 말짱하다. 곤을 본 토르소의 얼굴이 보기 좋게 구겨졌다.

보지 말아야 할 망자를 본 듯한 얼굴이다.

"어이, 돼지 새끼. 그동안 잘 있었냐?"

곤은 토르소의 옆구리를 발끝으로 툭툭 찼다. 토르소는 무엇이라 말하려 했지만 입이 열리지 않았다.

"커흐헉, 크허허헉!"

정체를 알 수 없는 신음 소리만 흘렀다.

"왜 그래? 조금 전까지 저 어린아이들을 개처럼 잡아서 죽

였잖아. 그런데 넌 조금 아프다고 앓는 소리를 해?'

이 세계에 와서 가장 살의를 느끼게 한 자라면 볼튼과 토르소이다.

아니, 어찌 보면 토르소에 대한 살의가 더욱 컸다.

"잠시만 기다려. 할 일이 있어서."

곤은 배신자들의 머리를 태양의 신전 가장 높은 곳에 걸었다.

뮤질란 어디에서라도 볼 수 있게끔.

그도 맛봐야 한다. 사랑하는 존재가 지워진다는 아픔을, 믿었던 존재가 사라진다는 고통을. 그것을 외면하는 순간 결과는 저토록 참혹하다는 것을 배워야 한다.

놈은 지옥으로 떨어질 것이다.

"해독술."

곤은 토르소의 독성을 중화시켜 주었다.

"크흐흑! 도, 도대체 어떻게 네놈이 살아 있는 것이냐."

마비가 풀린 토르소는 곤을 가리키며 말했다. 곤은 그런 토르소의 뱃가죽을 밟아버렸다. 인간이 개구리를 밟아 터뜨릴 때처럼 강하게.

우드드득!

"크아아악!"

갈비뼈가 부러졌다. 토르소의 입에서 한 사발의 피가 튀어나왔다. 몇 번이나 반복해서 밟는다. 내장이 터지는 것이 확실하게 느껴졌다.

웃기고 앉아 있네. 비명도 지르지 마. 겨우 이런 고통쯤이야.

"묻는 것은 네가 아니야. 나지. 제대로 대답하지 않으면 저 꼴이 될 거야."

곤은 태양의 신전 꼭대기에 걸려 있는 목을 가리켰다. 토르소는 연신 고개를 끄덕였다. 굉장히 잔혹한 놈이지만 그에 비례해 겁도 많은 놈이었다.

"코일코 어디 갔어?"

"코, 코일코가 누구야?"

토르소가 되물었다. 곤은 그의 얼굴에 주먹을 꽂아 넣었다.

빠각!

간신히 아물었던 코뼈가 다시 부러졌다. 콧속에서 상당한 양의 피가 뚝뚝 떨어졌다. 양손으로 코를 부여잡았지만 손가락 사이로 피가 흘러내렸다. 곤은 손가락을 뻗어 코뼈를 안면에서 있는 모습 그대로 뽑아냈다. 그의 손가락에서 피가 뚝뚝 떨어졌다. 토르소는 비명도 제대로 지르지 못했다. 공포에 휩싸인 그는 덜덜 떨기만 할 뿐이었다.

"다시 말하지. 코일코, 그리고 나와 같이 있던 은발의 사내, 모두 어디 있어?"

*　　　*　　　*

"노예들은?"

곤이 펑펑에게 물었다.

"모두 도망갔어. 처음에는 주저하더니 이내 고맙다고 말하고는 재빠르게 이곳을 빠져나갔어. 지금쯤이면 꽤 멀리까지 도망갔을걸."

"잘했어."

곤은 펑펑의 머리를 쓰다듬어 주었다.

"화염의 술법."

곤은 가지고 있던 부적을 허공에 날렸다. 허공에서 커다란 불덩이가 생성되었다. 불덩이는 사방으로 흩어졌다.

퍼퍼퍼펑!

목조 건물에 불이 붙었다. 불길은 빠르게 치솟았다. 그리고 화마는 뮤질란을 조금씩 먹어치우기 시작했다.

광장에 쓰러져 있는 대다수의 오크와 인간들은 마비가 풀리지 않았다. 곧 마비가 풀릴 시간이다.

화염 근처에 있던 자들은 타 죽을 것이며 그렇지 않은 자들은 간신히 목숨을 건지겠지.

죄책감?

참으로 사치스러운 감정이다.

이곳에서 한없이 착하고 순진하기만 해서는 살아남을 수 없다는 것을 뼈저리게 느꼈다.

살아남기 위해서는 강해져야 한다는 것,

그리고 누구보다 더 독해져야 한다는 것이다.

"코일코와 씽의 행방은 알아냈어?"

펑펑이 물었다.

"코일코는 어디로 팔려갔는지 알아냈어."

"씽은?"

"몰라."

"죽은 거야?"

펑펑도 씽이 얼마나 강한지 알고 있다. 씽은 혼자서 오크 전사 분대를 쓰러뜨릴 만큼 강하다. 그런 그가 죽었다는 것이 쉽사리 믿기지가 않았다.

"아니."

"휴, 다행이다. 그럼?"

"시체는 발견되지 않았다고 하더군. 그러니까 살아 있겠지. 살아만 있으면 언젠가는 반드시 만나게 될 거야."

"그랬으면 좋겠다. 그 은발 오빠, 참 잘생겼는데. 제대로 된 대화도 못 해봤거든. 그나저나 우리 주인, 정말 대단하네. 혼자서 뮤질란을 엎어버릴 줄이야."

"후후, 나 꽤 괜찮은 녀석이지?"

"음, 아주 쪼금 그렇게 보이기는 하네."

"칭찬에 인색한 녀석이구만."

"헤헤, 그럼 우리는 이제 어디로 가?"

"제국으로 간다."

"코일코가 있는 곳?"

"맞아."

"인간들의 세상은 이곳과 비교도 할 수 없게 냉혹해. 잘못하면 그들의 악의에 먹혀 버릴 수도 있다고."

"감내해야지. 나는 절대로 코일코를 죽게 내버려 둘 수가 없어."

"훗, 멋지네. 좋아, 주인. 반드시 구해내자고."

"당연하지."

코일코를 구하려는 곤에게 순간 혜인의 얼굴이 스쳐 갔다.

혜인아, 코일코를 구해야 돼. 조금 늦어질지도 모르겠어. 미안해… 조금만 기다려 줘.

곤과 평평은 뮤질란의 성문을 나섰다. 그들의 등 뒤로 뮤질란의 화려했던 모든 것이 불길에 휩싸이고 있었다. 마비에서 풀린 자들의 입에서 비명이 터졌다. 그들은 미친 망아지처럼 살기 위해 이리 뛰고 저리 뛰었다.

태양의 신전 중앙 계단에는 사지가 잘린 토르소가 혀를 길게 내민 채 자신이 세운 제국을 바라보고 있었다. 불길에 휩싸여 허무하게 사라져 가는 그만의 제국을.

*　　　*　　　*

볼튼이 이곳에 도착한 것은 곤이 제국으로 떠나고 보름이 지난 시점이었다.

호탕하게 웃으며 돌아온 그가 본 것은 폐허가 된 마을이었다. 뮤질란의 입구에 속하는 이 마을은 거지들로 가득 차 있었지만 이토록 황폐하지는 않았다.

단 한 명도 보이지가 않았다.

그는 부하들을 시켜 마을을 샅샅이 뒤졌다. 하지만 그들이 찾을 수 있는 것은 없었다.

볼튼이 노예들을 매매하고 온 사이에 이곳은 유령 마을이 되어 있었다.

그는 서둘러 뮤질란으로 향했다. 그리고 뮤질란에 도착했을 때 그는 끝없는 좌절을 맛볼 수밖에 없었다.

뮤질란은 화려했다. 욕망과 황금이 뒤섞여 꺼지지 않는 불길의 상징이었다.

오크들이 만든 문명의 상징.

볼튼은 믿음이 있었기에 마을을 배신하는 것에 대한 죄의식을 가지지 않았다.

황색 오크 마을은 오크들의 수치였다. 그들은 문명을 저버린 등신 중의 등신이었다.

반면 뮤질란은 오크들의 문명을 인간의 수준에 버금가게 끌어올린 곳이었다.

그런 뮤질란이 화마에 휩싸여 사라졌다. 남은 것은 반쯤 무너져 버린 태양의 신전뿐이었다. 아니, 태양의 신전이라고 볼 수 없을 정도로 처참하게 뭉개졌다.

볼튼이 본 것은 사지가 찢겨 죽은 뮤질란의 왕 토르소였고, 그보다 더 충격적인 광경은 아버지와 동생, 부하들의 목이 잘려 태양의 신전 꼭대기에 걸려 있다는 것이다.

"크으으으으윽! 누가, 어떤 개새끼가 나의 가족을!"

볼튼은 가족의 머리를 품에 안고 절규했다.

쏴아아아!

하늘에서는 비가 내렸다. 비가 그를 적셨다.

그리고 그의 두 눈에서는 피눈물이 흘러내렸다.

Chapter 4. 세상 밖으로

곤과 씽은 노숙을 해가며 정글을 나아갔다. 뮤질란에서 만들어놓은 도로로는 갈 수가 없었다. 지금도 많은 상인과 귀족들이 뮤질란에서 노예들을 구입하기 위해 그 도로를 이용할 테니까.

혹여 누군가 도로를 걷는 곤의 얼굴을 보고 기억한다면 좋을 결과를 얻기 힘들었다.

그는 험한 길을 택했다. 정글로 돌아가 몬스터들과 사투를 벌이며 한 발씩 제국 쪽으로 나아가려고 마음먹었다.

그것이 벌써 한 달째.

황색 오크들에게 배운 사냥 기술과 생존 능력, 살롱쿠기의 지식과 대샤먼 크레타스와 말린의 부두술로 강해진 자신이라면 어렵지 않게 정글을 통과할 수 있을 것이라 여겼다.

결과적으로는 과신이었다.

그는 아직 정글의 무서움에 대해서 잘 모르고 있었다.

이제껏 본 몬스터들은 아무것도 아니었다. 정글에는 상상도 할 수 없을 만큼 무서운 몬스터들이 득실거렸다.

"아, 주인, 망했어 망했어. 오거다."

펑펑이 자신의 머리를 부여잡고 안타까운 비명을 질렀다.

괴물과 같은, 아니, 완전한 괴물인 오거를 다시 만났다.

예전에는 오크들과 함께 미노타우로스도 어렵지 않게 잡을 수가 있었다. 오거는 그런 미노타우로스와 신장이 비슷했다. 당연히 강해진 지금은 오거 정도는 혼자서 처리할 수 있을 것이라 믿었다.

크게 잘못 생각했다.

놈의 완력은 미노타우로스의 세 배 이상이었고 움직이는 속도, 재생력, 피부의 두꺼움도 그 몇 배였다. 곤이 자신 있어 하는 궁술로는 놈의 피부도 찢지 못했다. 당연히 놈을 독에 중독시킬 수가 없었다.

"화염의 술법!"

곤은 허공에 수인을 맺었다. 이미 부적은 모두 써서 이렇게 직접 마나를 사용하여 술법을 행해야 했다.

허공에서 나타난 두 발의 화염이 오거를 향해서 날아갔다.

쿠오오오!

날아오는 화염 덩어리를 오거는 숨을 들이켜서 마셔 버렸다.

"주인, 겨우 그 정도 술법밖에 쓰지 못해? 최소 2서클 이상의 마법을 쓰란 말이야. 더욱 강한 술법 몰라?"

"시끄러. 누군 몰라서 그래? 좀 조용히 해봐. 정신 사나워."

크레타스와 말린이 가르쳐 준 상위 술법은 모두 알고 있다.

문제는 아직 그것을 사용할 실력이 되지 않는다는 것.

"단순한 깨달음으로 상위 술법을 쓸 수 있을 줄 아느냐? 아니다. 아이야, 깨달음은 한 걸음 위로 나갈 수 있는 길을 제시해 주는 것이지 강해지는 것이 아니다. 즉 네가 갈 수 있는 길을 명확하게 보여주는 것이지. 강해지느냐, 그렇지 못 하느냐는 오로지 너의 능력에 따라서 갈린다."

대샤먼 크레타스는 그렇게 말했다.

강해지는 것에는 편법이 없었다.

노력, 끊임없는 노력.

노력만 있을 뿐이었다.

곤은 자신의 능력을 과신했다.

그랬기 때문에 계속해서 시련을 겪고 있는 것이다.

쿠오오오오!

오거는 전차였다.

수백 년째 그 자리를 지켜온 두꺼운 나무들이 오거의 어깨에 부딪쳐 뿌리째 뽑혀 나갔다. 괴물이 날뛰는 주변은 순식간에 초토화되었다.

왜 오거가 육상 몬스터 중에서 최강이라고 일컬어지는지 알 것 같았다.

곤은 있는 힘껏 뛰었다. 오거가 바로 등 뒤까지 쫓아왔다. 놈은 거칠 것이 없었다. 바위가 앞에 있으면 바위를 부수고, 나무가 앞에 있으면 나무를 부러뜨리며 곤을 쫓았다.

다른 작은 동물들은 오거의 눈에 들어오지 않았다. 오직 잡히지 않고 요리조리 빠져나가는 곤에게 분노가 폭발했다. 곤으로서는 재수 없게 걸린 셈이었다.

"뛰어! 더 뛰어! 주인, 잡히면 팔과 다리가 쭉쭉 찢어진 다음 놈의 입에 먼저 들어가고 내장은 국물처럼 쪽쪽 빨아 먹힐 거야."

"좋은 거 가르쳐 줘서 고맙다."

곤은 도움닫기를 하여 나무를 타고 올랐다. 속력만 붙으면 양손을 쓰지 않아도 어느 정도 높이까지는 육체 능력만으로 오를 수가 있었다.

나무를 타고 올라간 곤의 허리가 180도 회전했다. 그는 공중에 뜬 채로 화살에 시위를 먹인 후 오거의 정수리를 향해서 쏘았다.

쐐애액!

날아간 화살은 오거의 두피에 맞고 부러졌다. 징글징글하게도 두꺼운 뼈와 피부였다. 왜 그토록 황색 오크족의 오크들이 오거를 두려워했는지 이제야 알 것 같았다.

오거는 곤을 잡기 위해 손을 뻗었다.

"으아악! 주인! 아슬아슬해서 못 보겠네. 지금 잡히면 척추를 부러뜨려 반으로 접은 후 달콤한 과일과 함께 으적으적 씹어 먹을 거야."

"젠장."

곤은 자신도 모르게 펑펑이 말한 장면을 상상하고 말았다. 자신의 육체가 오거의 입속에 처박혀 씹힌다고 생각하니 몸서리가 쳐졌다. 아무래도 이번 위기만 넘기면 펑펑을 다시 한 번 교육시켜야 할 듯했다.

오거의 손이 코앞까지 왔다. 곤은 급히 허리를 뒤틀었다. 허공에서 움직이기가 쉽지 않았으나 내공을 사용하면 그리 어려운 일도 아니었다.

곤은 화살 하나를 던졌다. 그것을 밟고 몸을 멀리 차올렸다. 덕분에 곤은 오거의 손에서 벗어나 옆 나무에 무사히 다다를 수가 있었다.

"와우, 신기에 가까운 기술. 아무래도 주인께서는 오늘 오거의 식사가 되지 않을 수도 있겠어."

아주 고사를 지내라, 고사를.

곤은 나무 위에서 뛰어내렸다. 아니다 다를까, 오거의 주먹이 나무의 상체 부위를 쳐서 부러뜨렸다.

또 곤을 놓친 것이 화가 나는지 아예 나무를 뿌리째 뽑아 머리 위로 들어 올리며 괴성을 질렀다.

"으아아아! 정말 괴물이네. 도대체 무슨 방법으로 저 괴물한테서 벗어날래? 주인의 명복을 빌어줘야 하는 거 아니야? 두 번 절해줄게."

그렇지 않아도 지금의 상황은 너무나 안 좋았다. 이럴 줄 알았으면 역광의 술법이 적힌 부적이라도 남겨놓을 것을 그랬다.

화염의 술법, 물의 술법, 얼음의 술법, 바람의 술법, 바위의 술법.

곤이 사용할 수 있는 최하위 공격 술법은 모두 사용했다. 하지만 오거에게는 통하지 않았다. 물리적인 공격이 아닌 다른 방법으로 공략해야 했다.

"인간들은 이것저것 나누기를 좋아하지. 자기들끼리도 흑마법사와 백마법사로 나눠 치열하게 싸우니까. 그리고 그들은 우리 샤먼도 나눴지. 불신, 불의, 파괴를 즐겨 하는 최악의 주술사로. 맞아. 우리는 죽음과도 친해질 수가 있어. 인간들은 그것을 이해 못하지. 아이야, 듣거라. 우리 샤먼은 인간들이 듣지 못하는 것을 들을 수가 있다. 바로 바람의 소리를."

머리로 이해하는 것과 마음으로 아는 것은 다르다. 마음으로 알게 되면 여섯 번째 감각을 보여주게 된다. 그것을 믿고 믿지 않는 것은 전적으로 본인의 마음가짐이었다.

황색 오크 마을의 친구들을 겪으면서, 코일코를 만나면서, 씽을 알게 되면서, 펑펑과 함께 지내면서 많은 분의 가르침을 받으면서 곤은 마음의 소리를 믿었다.

다시 한 번 깨닫게 되었다. 샤먼이란 단순히 자연을 움직이는 것이 아니었다.

자연의 소리를 듣고 자연과 함께 움직일 수 있는 자가 샤먼이었다.

"으갸갸갸! 이러다 우리 주인 죽네. 도대체 왜 어렵게 배운 재앙술은 안 쓰는 거야? 약한 술법 쓰지 말고 제대로 된 한 방을 먹여봐."

펑펑의 목소리가 들려왔다.

곤은 피식 웃고는 대답했다.

"재앙술을 쓰면 내공이 모자라서 더 이상 싸울 수가 없어."

"아오, 수련 좀 더 해."

"그리도록 하지."

그는 계속해서 앞으로 달렸다. 상당히 위험한 상황이지만 다급하지는 않았다. 마음의 여유도 어느 정도 되찾았다.

달리던 곤은 나무에 손을 가져다 댔다. 그리고 속삭였다.

'나를 좀 도와주겠니?'

스르륵.

거대한 나무의 넝쿨이 밑으로 떨어졌다. 오거의 목이 넝쿨에 걸렸다. 절묘한 상황이었다. 목에 넝쿨이 걸린 오거는 그대로 자빠졌다.

자신이 몸무게를 이기지 못했는지 오거는 목을 잡고 캑캑거렸다. 다시 화가 난 오거가 흉포한 소리를 지르며 곤을 쫓았다. 이미 곤은 오거와 상당히 떨어져 있었다.

그렇다고 해도 방심은 없었다.

곤은 정글에 어느 정도 적응했다. 다른 자들보다 좀 더 빠르게 움직일 수도 있었다. 하지만 오거는 정글을 평지처럼 누볐다. 둘의 거리가 빠르게 가까워졌다.

기이한 일이었다.

수백 년을 자란 나무들이 동시에 넝쿨을 떨어뜨렸다. 상당한 양의 넝쿨이 오거를 거미줄처럼 옭아맸다. 얽히고설키어 제아무리 오거라도 쉽게 뿌리칠 수가 없었다.

"우와, 운 대따 좋아, 우리 주인."

운이 좋은 걸로 보이냐.

오거의 움직임이 멈추자 곤도 멈췄다. 아무리 내공을 이용해서 달렸다고 해도 체력적인 소모가 심했다. 입에서 단내가 났다.

"오거가 멈추긴 했지만 이제 어쩔 거야?"

"오거의 약점을 아나?"

곤이 물었다.

"약점? 약점이랄 것까지 없고 오거를 무 썰 듯이 쓰는 방법은 알아."

"그게 뭔데?"

오거를 그렇게 쉽게 잡을 방법이 있다고?

"기사야."

"기사라니?"

곤이 알고 있는 기사는 사냥의 계절 당시 구해준 성녀들의 호위들이었다. 하지만 그들은 당시에도 그다지 강해 보이지 않았다.

"기사는 마나를 검에 넣을 수가 있어. 얼마나 강해질 것 같아? 상상도 가지 않을 거야. 그들이 검에 마나를 넣는 순간 오거 정도의 육체는 장난감처럼 파괴시켜 버려."

"그렇군."

그가 본 자들은 마나를 쓸 줄 모르는 기사였던 모양이다.

"그리고 또 있어."

"또?"

"응, 따지고 보면 엄청나게 많지. 그래도 가장 대표적인 것이 기사와 마법사야. 마법사는 고위 마법 한 방으로 오거를 끝장낼 수 있어."

"마법사와 샤먼은 많이 다른가?"

"달라."

"뭐가?"

"마법사는 파괴적이고 샤먼은 자연을 사랑할 줄 알아."

대샤먼 크레타스와 말린이 한 말과도 일치한다. 그래서 더욱 궁금해졌다.

이곳의 인간이란 도대체 어떤 자들일까.

"그럼 다른 방법은 몰라? 시간 없어. 곧 저 괴물이 풀려날 거야."

"잘 모르겠네."

펑펑은 어깨를 으쓱거렸다.

"할 수 없지."

곤은 자신의 생각이 맞기를 바랐다. 그는 화살촉에 독을 담았다. 예전처럼 손바닥에 상처를 낸 후 피를 묻힐 필요는 없었다. 내기를 운용하는 것만으로도 화살촉에는 황소도 즉사시킬 만큼의 독을 가득 담을 수가 있었다.

화살촉에 독을 먹인 곤은 오거의 얼굴을 향해서 쏘았다.

그가 정한 과녁은……

피이이이잉!

화살이 날아오는 것을 느낀 오거가 더욱 발버둥을 쳤다. 괴물은 위험을 느꼈는지 고개를 숙였다.

화살이 빗나갔다.

한 발 더.

곤은 계속해서 오거의 얼굴을 향해서 활을 쏘았다. 계속해서 빗나갔다. 똑같은 방향으로 계속해서 쏘았다.

"아오 씨, 왜 이렇게 안 맞아? 주인은 명사수잖아."

명사수란 한 번에 표적을 맞추는 것이 아니다. 명사수는 목표를 사냥할 수 있어야 한다.

화살도 몇 발 남지 않았다. 이 정도면 됐다.

곤은 다시 활을 쏘았다. 다른 궤도였다. 날아가는 방향도 달랐다.

하지만 오거는 자신도 모르게 똑같은 방향으로 움직였다. 화살이 날아가는 시간과 오거가 움직이는 시간은 극히 찰나였다.

그 순간이었다.

화살이 오거의 입안으로 파고든 것은…….

화살이 정확히 오거의 목젖을 꿰뚫었다. 놈의 가죽이 아무리 두껍다고 하더라도 내부의 살까지 그럴 리는 없었다. 그것은 마쉬 스네이크의 내부를 찢으면서 경험하지 않았는가.

쿠오오오!

예상은 적중했다.

오거는 목을 부여잡고 괴로워했다. 황소도 즉사시킬 수 있는 독이다. 아무리 오거라도 무사하지 못하리라.

오거의 발버둥이 심해졌다.

넝쿨은 모조리 끊어졌고 주변의 나무들도 발버둥으로 인해 상당수가 부러졌다. 그럼에도 오거는 멈추지 않고 고통스러워했다.

한 발만 더 명중시키면 놈은 확실히 죽는다.

곤은 화살촉에 독을 뿌렸다. 지금까지와는 비교도 할 수 없는 양이다. 곁에 있던 펑펑이 인상을 쓰며 물러날 정도이다.

이제 제대로 된 움직임을 할 수 없는 오거는 곤에게 쉬운 사냥감이었다.

그때였다.

"아라라라라라라!"

괴이한 여성의 음성이 들려왔다.

곤은 음성이 들리는 곳으로 고개를 돌렸다. 그곳에서 갑자기 대검을 든 여성이 튀어나왔다.

그녀가 오거의 목을 잘랐다.

*　　　*　　　*

"룰루루루루루."

여성은 기분이 좋은 모양이었다. 콧노래를 쉼 없이 불러댔다.

"야호, 득템했다. 오거의 피는 만병통치약, 오거의 고기는 킬로 당 1실버에 거래, 오거의 뼈를 철과 섞으면 두 배로 강도가 높아지니 꽤 높은 가격을 받을 테고, 그리고 가장 중요한 것은 이 가죽. 철갑옷과 비슷한 방어력을 지닌 고귀한 아이템. 아오! 난 땡잡았다. 설마 이런 곳에서 귀하디귀한 오거를 만날 줄이야."

그녀가 쉴 새 없이 하는 말.

그것은 오거로 인해서 상당한 돈을 벌었다는 소리다. 그녀는 오거의 시체에 약품을 뿌리고 모닥불을 피웠다. 피비린내가 거짓말처럼 사라졌다

"아, 힘들다. 혼자서는 못 하겠네. 이거 해체하는 데만 하루 종일 걸리겠는걸. 골드마운틴도 식후경이라고 했지. 일단 먹고 하자."

그녀는 곤을 없는 사람 취급했다. 오거를 익숙하게 자르고 그것을 한곳에 모은 후 말도 안 되게도 작은 손가방에 넣었다. 보고도 믿을 수가 없는 광경이었다.

거대한 오거의 시신 대부분이 손가방 안으로 사라졌다.

곤은 그녀를 가만히 지켜보고 있었다.

"우와, 오거가 저렇게 돈이 많이 나가는 거였어? 이봐, 주인, 정신 좀 차려. 이러다가 눈 뜬 채로 코 베이게 생겼어. 우리 돈도 없잖아. 인간 세계로 나가려면 반드시 돈이 있어야 한다고."

펑펑이 억울하다는 듯 말했다.

곤도 알고 있다.

하지만 그러기에는 분위기가 묘했다. 함부로 움직일 수가 없다고 해야 하나.

곤은 여자를 물끄러미 지켜봤다. 해체한 오크의 부속물을 손가방에 넣은 그녀는 모닥불에 위에 고기 몇 점을 구웠다. 맛있는 냄새가 멀리 풍겨나갔다. 위험이 만연해 있는 정글에서 꽤나 담이 큰 행동을 한다.

고기를 굽고 있던 여인이 곤을 보았다. 상당한 시간이 흐른 후다.

"뭘 봐?"

그녀가 건넨 첫마디이다.

펑펑과 오랜 시간을 지내다 보니 저런 싸가지 없는 말투에는 내성이 생겼다.

곤은 천천히 그녀에게 다가갔다. 여인은 미간을 좁히며 옆에 놓아둔 대검을 잡았다. 금방이라도 출수를 할 기세다.

"거기 서."

"겁먹지 마시오."

"겁먹지 마시오? 이 새끼가 미쳤나? 누가 누가한테 겁먹지 말래?"

여인이 발끈했다.

곤은 부서진 달의 세계의 여성관을 확립했다. 이곳의 여자는 대부분 살벌하다. 말부터 행동까지 남성보다 못하지 않은 것이 없었다.

그렇다고 똑같이 맞받아칠 수는 없는 노릇이었다.

"분명히 말하지만 오거는 내가 잡은 거야."

"누가 뭐라 그랬소?"

"인정했어? 인정했으면 가던 길 가지 왜 내 옆에서 얼쩡거려?"

곤은 볼을 긁적거렸다.

"제국으로 가려고 하오."

"제국?"

"그렇소. 그곳에 일이 있소."

"하아, 그래서 뭐 어쩌라고."

"당신은 오거를 가지시오. 대신 나에게 길을 가르쳐 주었으면 하오."

"이봐, 당신도 헌터지?"

헌터? 사냥꾼을 얘기하는 것인가? 하지만 사냥꾼과는 어감이 미묘하게 달랐다.

"헌터가 길도 몰라? 지옥에 떨어뜨려 놔도 혼자서 살아남을 수 있는 종자가 헌터잖아. 그런데 그걸 왜 나한테 물어?"

"미안하지만 나는 헌터가 아니오."

"그럼 뭔데? 왜 혼자 거기서 오거와 맞짱 뜨고 있던 건데? 기사야? 아니, 기사가 왜 혼자서 이 위험한 숲을 돌아다녀? 마법사는 더더욱 아니고. 이상한데?"

"사정이 있습니다."

"아, 씨발! 이 새끼 정말 정체가 궁금해지네. 위험하기로 유명한 이곳에서 혼자 돌아다닌다……. 더군다나 헌터도 아니고. 하긴 자신의 정체를 까발리는 것이 더 이상하지."

여인이 일어섰다. 붉은 머릿결이 무척이나 인상 깊은 여인이다. 많은 나라를 돌아다닌 곤도 저처럼 붉은 머릿결을 지닌 여인은 보지 못했다.

지금 보니 키도 상당히 크다. 조선의 여인들보다 한 뼘은 더 큰 듯했다.

"도대체 너, 정체가 뭐야?"

"말해도 모를 것이오."

"맞고 말할래, 그냥 말할래?"

"둘 다 하지 않을 생각이오. 왜 그렇게 날을 세우는지 모르겠소. 그냥 길만 물어봤을 뿐인데."

"그게 더 이상하다고!"

"이상할 것 없소. 대답하기 싫다면 가겠소."

워낙 대가 센 여자다.

곤은 머리를 절레절레 흔든 후 등을 돌렸다.

"어이, 거기 스톱. 어이, 거기 이상한 아저씨. 좋은 말로 할 때 거기 서."

여인의 막말이 들려왔다. 곤은 돌아보지 않았다. 돌아볼 필요도 느끼지 못했다. 그녀와 드잡이를 하고 싶은 생각은 더더욱 없었다.

"제국으로 가고 싶다고 했지? 길 알려줄게. 행색을 보아하니 꽤나 이곳에서 헤맨 것 같은데."

곤의 움직임이 멈췄다. 그 역시 계속된 몬스터들과의 사투는 사양이다. 아무리 실력이 높아진다고 해도 하루에 몇 번씩이나 생명을 내놓고 싶지는 않았다.

"조건이 있소?"

상대방의 행동으로 봐서는 그편이 정확했다. 저 여자는 분명 자신에게 뭔가 바라는 것이 있었다.

"당연하지."

"뭐요?"

"당신의 정체."

"무슨 소리를……."

곤은 말을 끝내지 못했다. 여인의 갑작스러운 공격이 그를 뒤로 물러나게 했다. 하단 차기가 곤의 코앞을 아슬아슬하게 스치고 지나갔다. 그녀는 검을 들고 있지 않았다. 오직 주먹과 다리로 공격해 왔다.

상당히 위력적인 공격이었다.

그렇지만…….

"이게 무슨 짓입니까?"

"궁금하잖아. 오거와 홀로 싸우고 있는 정체 모를 궁사. 헌터도 아니고, 자신이 어디에 있는지도 모르질 않나. 일단 패고 물어볼 거야."

곤은 그녀의 폭풍과 같은 날카로운 공격을 연신 피해냈다.

"약속 하나 합시다."

"후우, 뭘?"

곤과 떨어져 호흡을 가다듬던 여인이 물었다.

"내가 이기면 내 질문에 대답해 주시오."

"기꺼이. 몸을 달라면 몸을 줄 수도 있어. 이길 수만 있다면."

여인의 질풍처럼 몰아쳤다.

"그런데 이건 알았으면 하오."

뒤로 물러나던 곤이 싱긋 미소 지었다.

"개 잡소리 좀 그만하지."

"그대에게는 질 것 같지 않소."

"염병."

*　　　*　　　*

"이, 이게 뭐야?"

여인은 쓰러진 채 코에서 흐르는 피를 닦아냈다. 그녀는 조금 전 겪은 일을 되새겨 보았다.

그녀가 본 사내의 모습은 실력이 좋은 궁사에 불과했다. 오거의 입안에 화살을 쏟아 넣을 수 있을 만큼 대단한 실력을 가진 궁사. 그렇기에 체술에 대해서는 그다지 신경 쓰지 않았다. 모기처럼 귀찮게 하기에 쫓아내면 그만이라 여겼다.

한데 이런 꼴을 당할 줄이야.

그를 도저히 잡을 수가 없었다. 그에게 잡혀서 바닥에 내동댕이쳐진 것만 열 번이 넘었다.

믿을 수가 없었다.

그녀가 누구인가.

용병 중에서도 상급의 A급 용병 안드리안이 아닌가. 여성 용병 중에서는 그녀보다 강하다고 할 수 있는 인물은 따져 봐도 열 명이 넘지 못했다.

여성이면서 용병.

어중간한 실력자를 만나 깨질 일개 평범한 용병이 아니었다. 그럼에도 그녀는 완벽하게 박살이 났다.

"다, 당신, 누구야?"

"제국을 찾아가는 평범한 사람입니다."

"개소리 그만해. 평범한 사람이 이런 힘을 가졌다고? 웃기지 마. 당신 누구야? 제대로 말하지 않으면 사생결단을 내겠어."

안드리안의 특기는 검술이다. 물론 무투술이 약하지는 않지만 검술을 사용하는 것과는 차원이 달랐다. 그녀가 대검을 사용하는 것을 빗대어 용병들은 '흉포의 안'이라고 불렀다.

그만큼 그녀의 검술은 파괴적이고 무서웠다. 그녀가 진심으로 검을 쓰기 시작하면 곤도 쉽사리 벗어나지는 못할 것이다.

"뭔가 착각하고 계신 것 같은데, 당신이 기분 나쁘실 필요는 없습니다. 그쪽은 저를 이길 수 없습니다. 굳이 말하자면 상대성이라고 하면 되겠군요."

"상대성?"

"그렇습니다. 저는 오거를 이기지 못합니다. 하지만 당신은 오거를 일격에 끝장낼 수 있습니다. 그것은 파워의 차이, 즉 마나와 완력의 융합."

"그런데?"

"다시 말하지만 저는 오거를 이기지 못합니다. 조금 전 말한 절대적인 힘의 차이 때문이지요."

"그렇게 힘이 차이 나는데 왜 내가 당신을 이기지 못해?"

안드리안의 성났던 목소리가 많이 줄어들었다. 이제는 호기심이 생긴 모양이었다.

"상성과 경험이지요. 저는 상대방의 힘을 잘 이용합니다. 받아치는 기술을 자주 사용하죠. 하지만 그쪽은 무척이나 공격적이더군요. 저는 그쪽보다 경험이 훨씬 많습니다."

"경험이 많다고?"

"네."

"얼마나?"

"당신 생각보다 훨씬 많습니다."

"아."

안드리안은 얕은 탄성을 내질렀다.

"나의 덩치가 당신보다 1m 정도 컸으면?"

"제가 이깁니다."

"2m 정도면?"

"제가 이깁니다."

"그럼 3m는?"

"집니다. 당신의 완력이 저의 기술을 능가할 테니까요."

"하하하, 이거 새로운 세계인데? 당신 정체가 정말 궁금하네. 이리 와 앉아. 일단 술이라도 한잔하면서 얘기해 보자고."

굉장히 화통한 여자였다. 안드리안은 손가방에서 술잔과 술을 꺼냈다. 손가방은 볼수록 신기했다.

곤은 옆에 앉았다.

"그게 무엇입니까?"

"뭐?"

안드리안이 되물었다.

"그 속에서 계속 무엇인가 나오는데……."

"이거?"

"네."

"마법 주머니 몰라? 하긴 엄청 비싸니 평범한 사람들은 모를 수도 있지. 그런데 그쪽은 평범한 사람 같지 않은데."

"평범한 사람입니다."

안드리안은 미심쩍은 표정을 지었다. 사실 물어보고 싶은 말이 많았지만 눈앞에 보이는 사내의 성정으로 보아 확실하게 대답해 줄 것 같지 않았다.

"자, 일단 한 잔 받아."

안드리안은 곤에게 술잔을 건넸다.

그녀가 건넨 술은 오크들의 밀주보다 먹기가 좋았다. 맛은 비슷했지만 시큼한 느낌이 훨씬 덜했다.

술이란 참으로 묘했다. 약간의 술은 긴장감을 풀어주며 서로 간에 친밀감을 느끼게 했다.

오해가 풀린 그들은 서로에 대해서 어느 정도 알 수가 있었다.

"그러니까 안드리안은 용병이라는 소립니까?"

"그렇대두."

"펑펑, 용병이 뭐지?"

곤의 부름에 펑펑이 모습을 드러냈다. 그녀는 곤의 어깨에 앉아 용병이라는 직업에 대해서 자세히 설명해 주었다.

"저, 저게 뭐야?"

펑펑을 보고 깜짝 놀란 안드리안이 말을 더듬으며 물었다.

"정령입니다. 이 아이가 보이십니까?"

"보이다마다. 근데 정말 정령이야?"

"그렇습니다."

"와, 말로만 듣던 정령이네? 처음 봐. 진짜 신기하다. 그럼 당신, 궁사가 아니라 정령술사야?"

"둘 다 아닙니다."

"그럼 뭐야?"

"샤먼입니다."

"샤먼?"

"네."

"그 거시기 뭐냐, 죽은 자를 부활시키고, 도시를 침략하고, 인간의 심장을 주식으로 하고 간을 후식으로 먹는 그 샤먼?"

"아니거든요."

곤은 고개를 흔들었다. 샤먼이란 존재가 인간 세계에 이런 식으로 비칠 줄은 상상도 못했다. 안드리안이 이럴 정도면 평범한 인간들은 샤먼을 극도로 혐오할지도 몰랐다.

"내가 알기론 샤먼은 다 그렇다고 하던데. 정말 심장이나 간 안 먹어?"

"안 먹습니다."

"죽은 자들을 부활시키면 어디다 써먹어?"

"일부러는 부활 안 시킵니다."

샤먼의 주술 중에 죽은 자를 부활시키는 술법이 있기는 했다. 아직 술법을 실행해 보지는 않았지만 한두 명 정도는 부활시킬 수 있을 듯했다.

하나 굳이 죽은 자를 부활시킬 이유는 없었다.

"우와, 이 여자 머릿속에 도대체 뭐가 든 거야? 아니면 뇌가 없나?"

듣다 못한 펑펑이 끼어들었다.

"어머, 너 초면에 말이 심하다?"

"그쪽도 만만치 않거든. 우리 주인이 어딜 봐서 인간의 심장을 먹게 생겼어?"

"그거야 모르지. 난 본 적이 없으니까."

"그래, 말 잘했다. 본 적도 없으면서 왜 우리 주인을 이상한 쪽으로 매도해? 당신, 샤먼 본 적 있어?"

"없어."

"봐, 본 적도 없으면서 어디 식인귀 같은 놈들을 우리 주인에게 갖다 붙여, 갖다 붙이긴."

"그거야 사회 통념상."

"사회 통념 좋아하고 앉아 있네. 샤먼을 봤어? 본 적 있냐고?"

펑펑이 안드리안에게 쏘아붙였다.

곤은 안드리안의 난감해하는 모습이 재미있었다. 그는 그녀들의 입씨름을 지켜봤다. 둘 모두 여성답지 않은 걸걸한 입담을 과시했다.

"아, 그래그래. 내가 샤먼에 대해서 잘못 알고 있어. 됐지?"

안드리안은 펑펑의 입심을 이겨내지 못하고 두 손을 번쩍 들며 항복을 표시했다.

"제대로 사과해. 듣는 샤먼 기분 안 나쁘게."

"아씨."

안드리안이 뒷머리를 긁적거렸다. 그러고는 곤에게 고개를 숙였다.

"내가 샤먼에 대해 잘 몰랐수다. 이상한 쪽으로 매도한 것, 죄송하게 됐수."

"그럴 수도 있지요. 괜찮습니다."

"근데 하나만 물어봅시다."

"무엇을 말씀입니까?"

"왜 여기서 헤매고 있는 거야? 이곳은 그랑쥬리 정글이라고. 우는 애기도 이곳 애기만 나오면 뚝 그친다는 두려움의 상징. 실력은 꽤 되지만 혼자서 헤매기에는 너무 위험한데."

"일이 있었습니다."

설명을 하자면 길었다. 시시콜콜 다 얘기하다가는 밤을 새워도 끝나지 않을 것이다. 곤은 둘러댔다.

"그러는 안드리안은 왜 이곳에 있습니까?"

"나도 일이 있어서."

안드리안도 둘러댔다. 곤이 얘기하지 않으면 자신도 얘기하지 않겠다는 의미이다.

"여기서 제국으로 가는 길은 어떻게 됩니까?"

"아, 맞다. 까먹고 있었네? 당신, 이곳이 어딘지 알아?"

안드리안이 물었다.

"아니요."

인간 세상에 대해서 평평에게 조언을 듣기는 했지만 완벽하지는 않았다. 오크들에게도 많은 것을 배웠다. 하지만 이제는 새로운 문명을 접할 차례였다.

새로운 세상에서 그는 조금 강한 어린아이에 지나지 않았다. 모든 것을 처음부터 시작해야 했다.

"이곳은 제국과는 정반대에 위치해 있어. 제국과는 사이가 극도로 좋지 않은 아슬란 왕국이지."

"제국과는 반대?"

"그래."

곤은 고개를 갸웃거렸다. 분명 여사제가 말한 쪽으로 방향을 잡았다. 동쪽으로.

동쪽으로 가면 제국이 나올 것이라고 했다.

방향을 잡기는 쉬웠다. 동이 트는 방향이 동쪽이고 해가 지는 방향이 서쪽이니까.

하지만 정반대 방향이라니 이해가 가지 않았다.

"여기서 멉니까?"

"당연히 멀지. 완전히 대륙 반대쪽이라고. 가장 빠른 길은 정글을 통과하는 것인데 정글을 통과했다는 사람은 단 한 번도 본 적이 없지."

정글을 통과해서 가라고? 얼마나 많은 몬스터들의 습격을 받을까. 그것은 사양이다.

하지만 제국의 한 귀족에게 팔려갔다는 코일코를 생각하면 지체하고 있을 시간이 없었다.

"뭔가 사연이 있긴 있는 모양인데……."

안드리안은 연거푸 술잔을 들이켰다.

"가족이 잡혀 갔어. 그러니까 꼭 제국으로 가야 해."

펑펑이 답답해 끼어들었다.

가족이라…….

맞는 말이었다. 코일코는 곤에게 가족이었다. 소년을 구하고 반드시 혜인에게 돌아갈 것이다.

"가족?"

"그래."

"벌써 결혼했어?"

"그게 아니야. 자식처럼 아끼는 어린 오크가 제국으로 팔려 갔다고."

"흠, 자세히 말해줄 수 있어? 이래 보여도 제법 신뢰가 있는 용병이라고."

펑펑이 곤을 바라보았다. 곤은 고개를 끄덕였다. 얘기를 해도 상관없다는 의미다.

"그러니까 말이지……."

펑펑은 그간의 일을 간략하게 이야기했다. 물론 뮤질란의 씨를 말려 버렸다는 이야기는 하지 않았다. 안드리안의 경계를 사서 좋을 일은 없었다.

"흐흠."

안드리안이 곤을 훑어봤다. 노골적으로 훑어보았지만 적의가 없기에 곤은 가만히 있었다.

"큰 키, 검은 머릿결, 황색 피부. 확실히 대륙 인종과는 차별이 돼. 뭐, 워낙 많은 종족이 있으니 없으란 법은 없지. 상당한 궁술 실력, 운디네라는 정령과 함께 여행 중이고, 몸빵은 나도 당하지 못할 만큼 강하고, 직업을 물었더니 되도 않게 샤먼이래. 더군다나 인간이 아닌 오크를 구하기 위해서 제국으로 향한다고?"

안드리안은 웃음을 흘렸다.

"이거 완전 로맨티스트네. 좋아, 당신, 취직해라."

"무슨 소립니까?"

안드리안은 매력적인 머리카락을 한번 쓸어 넘긴 후 곤을 보며 미소 지었다.

Chapter 5. 잘못 건드렸어

처음으로 나온 인간 세상.

비록 인구가 몇천도 되지 않는 작은 도시라고 해도 곤의 입장에서는 감개무량할 수밖에 없었다.

사람들.

그토록 그립던 인간의 자취였다. 물론 조선과는 다르게 아라사 사람처럼 생긴 자들이 대부분이었지만 오크는 없었다. 아무래도 종족이 다르다 보니 어울리는 일이 없는 듯했다. 귀가 뾰족한 엘프도 보이지 않았다.

안드리안은 잠깐만 이곳에서 기다리라고 말하고는 사라졌다. 꽤나 오랜 시간이 지났다. 기다림에 지친 곤은 시장 이곳저곳을 구경 다녔다.

조선이든 아라사든, 불란서든 구라파든 사람 사는 곳은 다 똑같았다.

가족을 부양하기 위해서 악착같이 일을 하고, 물건을 팔고, 농사를 지었다. 누군가는 이익 집단에 속하게 되고 자신들의 이득을 위해서 남을 핍박했다.

이곳도 마찬가지였다.

"이 쌍노무 새끼, 물건을 팔려면 자릿값을 내란 말이야! 귓구멍이 막혔어!"

건달들이 노인네가 운영하는 포목점에 들어가 행패를 부렸다. 주변 상인들은 서로 눈치만 살필 뿐 노인을 도와주지 않았다.

몇 번을 사정하던 노인은 어디선가 돈을 꺼내 건달들에게 주었다. 건달들은 '진작 그럴 것이지' 하는 말과 함께 포목점을 나와 다른 상가로 들어갔다.

다 이런 식이다.

"예전이나 지금이나 인간들은 변하지 않았네."

곤의 어깨에 앉아 펑펑이 혀를 찬다.

오크들과 다르게 인간들은 어지간해선 정령을 보지 못했다. 볼 수 있는 자들은 마나를 다루는 자, 그리고 자연을 공경하는 자, 혹은 정령을 믿는 자이다.

이상하게도 인간들은 자연을 공경하지 않았다. 당연히 그들은 정령을 볼 수 없었다.

"이봐 주인, 우리 맛난 거나 먹으러 가자. 이렇게 시장에서 얼쩡거리지 말고."

곤은 고개를 끄덕였다. 아직도 촌놈처럼 주위를 두리번거리지만 그것은 새로운 세상에 대한 신기한 감정일 뿐 놀랍다거나 혼을 빼놓을 정도는 아니었다.

조선, 황색 오크 마을, 그리고 피랜드. 세 문명의 교차점에서 곤은 알 수 없는 감정을 느낄 뿐이었다.

"여기로 오세요. 이곳은……."

"이쪽이 훨씬 더 괜찮은 집입니다."

호객 행위.

열 살 정도밖에 되지 않는 어린아이들이 손님들을 악착같이 끌어 모으고 있었다. 코일코와 비슷한 또래로 보였다. 조선의 아이들도 살기 위해 저런 식으로 일했다. 그럼에도 부모들은 여분의 시간을 활용하여 아이들을 학교에 보내 공부를 시켰다.

이곳의 아이들은 조선과는 조금 다른 모양이었다. 아이들은 웃고 있었다. 하지만 눈빛에는 절박함이 비쳐졌다.

"조금 안쓰럽네."

동감이다.

"어디로 갈 거야, 주인? 돈은 있어?"

뮤질란에서 철을 팔고 남은 돈이 조금 남아 있다. 그 돈이 인간 세상에서는 얼마나 값어치가 있는지는 몰라도.

"밥값 정도는 될 거야."

뮤질란의 오크들에게 듣기로 그곳과 인간 세상과의 화폐 가치는 큰 차이가 없다고 하였다. 그렇기에 뮤질란과 인간 사이에서 화폐 거래가 성립할 수 있었겠지만.

그때였다.

아까 본 우악스러운 건달들이 그의 어깨를 치고 지나갔다. 일부러 치고 갔다는 인상을 강하게 받았다. 곤은 뒤를 돌아보았다. 그들은 아무런 일 없었다는 듯 자신들끼리 웃으며 가고 있다.

"참아, 참아."

펑펑이 속삭였다.

곤도 그럴 생각이다. 인간 세상에 나온 이상 쓸데없는 트러블을 만들고 싶은 생각이 없었다.

곤은 그들에게서 고개를 돌렸다.

"이런 닝기미, 사람 어깨를 쳤으면 사과를 하고 가야지."

역시나 시비조의 말투가 등 뒤에서 들려왔다.

"어이고, 이것 참. 얼마나 세게 친 거야? 어깨뼈가 덜렁거리네."

죽이 잘 맞는 패거리였다. 한두 번 해본 솜씨가 아니었다.

오랜 정글 생활에서 벗어나 처음으로 나온 인간 세상. 이곳에는 법이 있을 것이고 그것을 관리하는 병사들이 있을 것이라 생각했다.

화를 참지 못하고 사고를 치고 싶은 생각은 추호도 없었다.

"아저씨, 저를 따라오세요."

한 소녀가 나타나 곤의 손을 잡고 한쪽으로 끌었다.

"어서요. 저 사람들하고 엮이면 좋은 꼴 못 봐요."

건달들이 어깨를 으쓱거리며 조금씩 다가왔다. 아이의 말대로다. 괜히 그들과 엮일 필요가 없었다. 곤은 아이를 좇아 골목길로 들어섰다.

"어디로 가는 거니?"

"이쪽으로 오세요. 저를 믿고 따라오시면 돼요."

소녀는 곤을 데리고 시장 뒤쪽 길목으로 걸어갔다. 북적거리던 사람들의 목소리가 들리지 않았다. 너무나 외진 곳이라 사람들의 왕래가 없었다.

"이제 그만 가도 괜찮을 거 같은데. 그 사람들도 더 이상 쫓아오지 않는구나."

곤은 가던 길을 멈춰 섰다.

이름도 모르는 어린아이가 갑자기 구원의 손길을 내밀었을 때 고맙다는 마음을 가졌다. 하지만 소녀는 곤을 외진 곳으로 안내했다.

느낌이 좋지 않았다.

"낄낄낄. 잘했어, 헤이나."

좋지 않은 느낌은 여지없이 들어맞았다. 아까 본 세 명의 건달이 이미 와서 자리를 잡고 있었다.

아이는 곤을 슬쩍 본 후 혀를 내밀어 약을 올리고는 건달들에게로 달려갔다. 그들은 헤이나라고 부른 소녀의 머리를 쓰다듬어 주었다. 아이는 말 잘 듣는 강아지처럼 그의 손에 볼을 문질렀다.

"자, 이제 어떻게 할까나."

건달들이 곤을 보며 이죽거렸다.

"주인, 더 이상 참으면 안 될 거 같은데?"

펑펑이 소곤거렸다. 펑펑은 모습을 드러내고 있었지만 아이에게도 건달들에게도 보이지 않았다.

펑펑의 말에 곤은 고개를 끄덕였다. 이곳도 조선과 똑같이 사람 사는 세상이다. 이쯤 되면 이들이 자신에게 무슨 짓을 하려는지 모를 수가 없었다.

바보가 아닌 이상.

곤은 주먹을 쥐었다.

"어쭈구리, 눈빛 보소. 금방이라도 한 대 칠 기센데?"

건달들은 품에서 단검을 꺼낸 후 넓게 포진했다.

앞쪽에 둘, 뒤로 하나. 곤을 도망치지 못하게 하기 위함이었다.

"딱 한 번만 말하지."

우두머리 사내가 앞으로 다가왔다.

"가진 거 다 내놔. 안 그럼 이곳에서 뒈질 거야."

사내에게서 살기가 느껴졌다.

곤의 입술이 뒤틀렸다.

"그 말 그대로 돌려주지."

잠시 후, 그들을 지켜보던 어린 소녀의 얼굴이 경악스러운 표정으로 바뀌었다.

                    *   *   *

곤과 평평은 으슥한 골목길에서 나왔다. 그들의 표정은 밝았다.

"얼마나 있어?"

평평이 물었다.

"꽤 두둑해. 한동안은 노숙하지 않아도 될 것 같아."

"헤헤, 그것 하나는 좋네."

곤이 피곤하면 평평도 피곤함을 느낀다. 곤이 편안함을 느끼면 평평도 그렇게 느꼈다. 즉 곤이 여관방에서 따뜻하게 잠을 청하면 평평도 정상적인 컨디션을 찾을 수 있다는 말이다.

"이봐, 곤!"

안드리안이 곤을 불렀다. 꽤나 심통이 나 있는 모습이었다.

"안드리안."

"아니, 도대체 어디 있던 거야?"

"시장 구경 좀 했습니다."

"세상 물정도 모르면서 시장 구경은. 그러다 큰일 나. 눈 뜨고 있는데 코를 베어가는 곳이 이곳이라고."

"그렇습니까?"

곤은 빙그레 미소를 지었다.

"뭐지, 그 묘한 반응은?"

"내가 얘기해 줄게."

기분이 좋은 평평이 안드리안에게 조금 전 겪은 일을 얘기해 주었다. 펑펑의 얘기를 들은 안드리안이 헛웃음을 터뜨렸다.

"하하하, 어떤 놈들인지 정말 멍청하네. 저래 보여도 A급 용병인 나를 쓰러뜨렸는데 겨우 건달 셋이서 당신을 털려고 했다고? 나 참, 그래서 그 자식들은 어떻게 됐어? 죽였어?"

"겨우 그런 일로 사람을 죽입니까?"

펑펑이 손을 내저었다.

"흠, 그렇게 안일하게 대처하면 안 좋을 텐데."

"그건 또 무슨 소리야?"

"그건 말이야……."

안드리안의 말이 끝나기도 전이다.

"이런 씨발 새끼! 거기 안 서!"

세 명의 건달이 골목에서 튀어나왔다. 곤에게 당했는지 얼굴이 상처투성이다. 그들은 흥분해 단검을 들고 곤을 향해서 무작정 덤벼들었다.

"이것 봐. 이래서 일을 시작하면 항상 끝을 내야 한다니까."

안드리안의 대검이 풍차처럼 돌았다. 그와 함께 건달들의 육신이 반으로 쪼개지고 말았다. 그들은 단말마를 흘리며 쓰러져 일어나지 못했다.

그녀는 태연하게 검에 묻은 피를 털어냈다.

"이, 이게 무슨……. 엄연히 이곳에도 법도가 있거늘……."

백주에 시장길 한복판에서 벌어진 살인에 곤은 눈살을 찌푸렸다.

"이봐, 곤. 내가 충고 하나 할까?"

"무엇을 말입니까?"

"당신, 이번에도 저 건달들을 살려줄 생각이었지?"

"당연한 것 아닙니까. 이런 사소한 일로 사람을 죽이면 주위에 살아남은 사람이 없을 겁니다."

곤도 사람을 죽여봤다. 천종산삼을 지키거나 살아남기 위해서였다. 결코 일부러 사람을 해한 적은 없었다. 그는 살인마가 아니었다.

"내가 장담하는데, 당신이 저들을 살려줬다면 더욱 많은 패거리를 몰고 왔을 거야. 놈들은 한번 물면 절대로 놓지를 않아. 만만하게 보이면 끝이라고. 저놈들도 목숨을 걸고 이 짓하는 거야. 알아? 그런 나태한 마음으로는 아무리 실력이 있어도 결코 이곳에서 살아남지 못해."

곤은 신음조차 흘릴 수가 없었다.

그녀의 말은 백번 옳았다.

그는 할 일이 있었다. 코일코의 목숨을 구해야 하고 씽의 행방도 알아내야 한다.

그리고 천종산삼을 가지고 혜인에게 돌아가야 한다.

어쭙잖은 인정을 보이다가 목숨을 잃게 되면 모두 죽는다.

곤은 어금니를 강하게 물었다.

소중한 목숨이 그의 어깨에 놓여 있다. 안드리안의 말대로 정신 바짝 차려야 했다.

"명심하죠."

안드리안은 싱긋 웃고는 곤의 눈동자를 뚫어지게 바라봤다.

"자신의 단점을 지적하면 대부분 인정 안 하게 마련인데. 특히 당신처럼 강한 사람은."

"나는 강하지 않습니다."

강해지려면 아직 멀었다. 곤은 그렇게 생각했다.

"그렇게 말하는 사람이 더욱 무서운 법이지. 이렇게 보면 내가 계약을 잘했단 말이야. 당신만 옆에 있음 어지간해서는 위험에 처할 것 같지 않으니까."

"제국에 도착할 때까지입니다."

"그게 어디야. 적어도 몇 달은 더 걸릴 텐데."

"그렇게 멉니까?"

"당연하지. 동대륙에서 서대륙으로 넘어가는 건데."

"제가 해야 할 일이 뭡니까?"

"간단해. 상단 호송."

"상단 호송이라……."

이곳에선 용병이란 직업이 일반적이었다. 용병이 꿈인 아이들도 있다고 들었다. 대륙 자체가 워낙 넓고 몬스터가 득실거리기 때문이었다.

하긴 오거와 같은 괴물에게 습격당하면 어지간한 무사가 아니고서는 순식간에 전멸한다.

곤조차도 치를 떨 정도로 강하지 않던가.

"내가 제국과 아슬란 왕국은 극도로 사이가 나쁘다고 했지?"

"그렇습니다."

"하지만 제국은 대륙에서 가장 큰 초원을 가지고 있어. 대신 바다가 없어 수산물이 없지. 아슬란 왕국은 해상제국이라고 불릴 정도로 해양업이 발달되어 있어. 그 외에도 서로가 서로에게 이득이 될 수 있는 물품이 상당히 많지. 그럼 누가 문제일까나."

"상인?"

"맞았어. 대륙에서 가장 강대한 세력을 보유한 두 나라가 귀족들 때문에 교류가 완전히 끊겼어. 두 나라는 항상 다른 왕국을 규합하여 서로를 칠 생각만 하고 있지. 그 때문에 죽어나는 것은 상인들이야. 물론 다른 왕국에 물건을 팔면 어느 정도 수익은 남길 수가 있지. 하지만 서로가 서로에게 파는 것처럼 많은 양은 남길 수가 없지."

"위험을 감수해야겠군요."

"호, 상당히 똑똑한데? 역시 흉포의 용병단 부단장다워."

이건 또 무슨 소리?

언제 곤이 용병단 부단장이 됐단 말인가.

"그래서 저희가 제국으로 물건을 싣고 가는 상인들을 호송해야 한다는 말씀이군요."

"더 이상 설명할 필요가 없겠군. 맞아. 세 번 중에 한 번만 매매에 성공해도 남는 장사지. 얼마나 많은 이득이 남는지 대충 감이 오지?"

"네."

"좋아, 그럼 우리와 계약을 할 상인을 직접 만나러 가보자고."

안드리안이 앞장서서 걸었다. 곤은 그녀의 뒤를 좇았다.

잠시 후, 죽은 건달들 사이로 헤이나가 나타났다. 그녀는 곤에게 시비를 걸었던 건달에게 다가가 무릎을 꿇었다. 반으로 잘린 상체를 안고 그녀가 오열했다.

"여보!"

*　　　*　　　*

아슬란 왕국의 롤스로이 백작령은 상당히 변방에 위치해 있었다. 그랑쥬리 정글과 인접해 있단 이유로 많은 사람들이 롤스로이 백작령에 정착하기를 꺼렸다.

곤과 안드리안이 도착한 장원은 백작령의 규모와는 다르게 상당히 컸다.

안에 모인 사람도 꽤나 많았다. 대략 백 명 이상은 되는 듯했다.

얼굴의 흉터, 매서운 눈빛, 온몸에 그려진 문신, 단단한 근육질 몸매로 보아 그들이 용병이라는 것을 한눈에 알 수 있었다. 곤과 안드리안이 그들 사이로 걸어갔다. 모두의 눈이 곤과 안드리안에게 쏠렸다.

"뭐야, 저것들은?"

"먹음직스러운 여자하고 말라빠진 사내자식 한 명? 저것들도 용병인가?"

곤과 안드리안을 노골적으로 무시하는 목소리가 들려왔다.

"저 자식들이!"

펑펑이 발끈했다.

"신경 쓰지 마. 그냥 약한 개가 자신을 보호하려고 짖는 것뿐이니까."

"그건 또 무슨 소리?"

"이곳에 모인 용병이 몇 명인지 보이지?"

안드리안이 펑펑에게 물었다.

"응, 족히 백 명은 넘어 보이는걸."

"맞아. 아까 내가 한 말 기억하지? 상인들은 위험을 감수해야 한다고."

"응, 기억해."

"그럼 묻지. 정규군이 득실거리는 국경을 요란하게 건너야 할까, 조심스럽게 건너야 할까?"

"당연히 조심스럽게… 아하!"

"무슨 말인지 알아들었어?"

"응, 그러니까 이들 중에서 상당수는 취직이 되지 않는다는 말이구나?"

"맞아. 이번 일은 상당히 고액이야. 길드에서 평범한 일을 받는 것보다 몇 배나 되는 돈을 손에 쥘 수 있지. 당연히 용병들의 입장에서는 이번 일에 달려들 수밖에 없어. 용병단이라면 이름값도 올릴 수 있고."

펑펑은 고개를 끄덕였다. 용병들이 왜 이토록 그들에게 적대적인지 알 수 있었다.

곤과 안드리안이 도착하고 이어 십여 명의 용병이 정원 안으로 더 들어왔다. 그중에 마지막으로 들어온 다섯 명의 용병이 안드리안을 보고 다가왔다.

가장 선두에 선 자는 상당한 미남이었다. 얼굴의 각이 살아 있고 금발이 아름다웠다. 그가 안드리안을 보며 빙그레 웃었다.

"여, 안드리안, 여기서 보게 되네?"

"세르빌? 뭐야, 너 콘고 공화국 내전에 참전한 거 아니었어?"

"대충 마무리됐어. 어제 도착했는데 마침 꽤 좋은 돈벌이 소식이 들려서 말이지."

"이것 참, 경쟁자가 늘었네?"

안드리안이 뒷머리를 긁적거렸다. 곤이 누구냐는 눈초리를 보냈다.

"음, 이자는 세르빌이라고, 나와 같은 용병이야. 대륙 전체를 누비는 전천후 용병이지. 꽤 실력 있어. '바람의 용병'이라고 불리고 있지."

안드리안이 그에 대해서 설명했지만 누군지 알 수는 없었다. 그저 그렇구나 하며 고개를 끄덕인 후 머릿속에 입력할 뿐이었다.

곤이 본 세르빌의 첫인상은 그다지 좋지 않았다. 호탕하게 보이지만 눈동자가 계속해서 주위를 훑고 있었다. 입과 얼굴은 안드리안을 보고 있는데 눈은 주변 상황을 파악하고 있었다.

조선에서 이런 사람들은 대체로 일본의 앞잡이인 경우가 많았다. 물론 모두가 그런 것은 아니다.

"하하하, 안드리안. 당신한테 그런 소리를 들으니 민망한걸. 실력으로 치자면 당신도 만만치 않잖아. 흉포의 용병으로 이름을 날리는 당신이잖아."

곤은 내심 웃고 말았다.

안드리안이 실력이 없다는 것이 아니다. 오거의 목도 단숨에 잘라 버릴 정도로 그녀는 강검을 사용했다. 완력에 자신이 있는 오크들조차 쉽지 않은 일이다.

하지만 보통 저렇듯 '흉포의 용병'이라든지 '바람의 용병'이라든지 하는 자화자찬은 하지 않는다.

"흉포의 용병 안드리안?"

"바람의 용병 세르빌이라고?"

흉악스럽게 생긴 용병들의 얼굴이 구겨졌다. 그들도 안드리안과 세르빌에 대해서는 들어본 모양이다.

"아, 젠장! 스무 명 뽑는다고 했는데, 그럼 저들이 여섯 자리를 차지하는 건가?"

"일단은 그렇다고 봐야지. 많지 않은 A급 용병이 아닌가."

용병들이 수군거렸다.

안드리안과 세르빌은 그들의 말을 들었지만 개의치 않는 표정이다. 오히려 안드리안은 곤에게 눈을 흘기며 '나 이런 사람이야. 알아 모셔줘' 라는 표정을 지었다.

"그런데 이 사람은?"

세르빌이 곤을 위아래로 훑으며 물었다.

"우리 용병단의 부단장."

"부단장? 언제나 혼자 뛰던 네가 누구랑 같이 파티를 이뤘단 말이야?"

"응."

"아니, 왜? 내가 같이 하자고 그렇게 애원할 때는 거들떠보지도 않더니 저렇게 비실비실한 남자와 파티를 이뤘다고?"

"이 사람이 비실비실해 보여?"

안드리안이 어깨를 으쓱거렸다.

"내 눈썰미는 벗어날 수 없다고. 어깨에 걸려 있는 활을 보니 궁사인가? 같이 파티를 맺을 정도이니 궁사로서는 실력이 괜찮은 편인가 보군."

"호호호호, 아무렇게나 생각하라고. 하여간 이것만은 알아 둬. 이 사람은 우리 용병단의 부단장이라고."

안드리안은 혼자서 의뢰를 맡는 것으로 유명했다. 그런 그녀가 파티를 맺었다는 것 자체가 용병들에게는 의외였다.

그녀는 세르빌과 잡다한 대화를 나눴다. 이번 의뢰가 무엇이니 하는 중요한 얘기는 하지 않았다. 같은 편이 아닌 이상 서로가 어떤 정보도 주지 않겠다는 눈치 싸움이기도 했다.

잠시 후 장원 내에서 수염을 길게 기른 중년의 사내가 모습을 드러냈다. 그의 옆에는 몇몇의 수행무사가 날카로운 기도를 뽑내고 서 있다.

그가 나타나자 시장판처럼 시끄럽게 떠들어대던 용병들이 입을 다물었다.

"모두들 이곳까지 오시느라 수고가 많았소이다. 나는 사이든 상단의 총수 사이든이라고 하오."

"사이든?"

"정말로 그 사이든?"

용병들이 놀라 웅성거렸다.

사이든 상단은 꽤나 큰 규모를 자랑했다. 아니, 아슬란 왕국 내에서 세 손가락 안에 드는 거대 상단 중 하나였다. 총수 사이든은 소금을 팔아 엄청난 부를 축적한 것으로 알려져 있었다.

그 공로를 인정받아 왕으로부터 백작의 작위를 하사받기도 했다.

일개 용병들로서는 사이든 총수를 먼발치에서조차 볼 수가 없었다.

그런 그가 직접 모습을 드러낸 것이다. 의외에 상황에 용병들은 당황한 모습이 역력했다.

"당연한 말이지만 이번 의뢰는 상단 호위요. 마음 같아서는 이곳에 오신 모든 분들에게 의뢰를 맡기고 싶지만 일의 은밀성을 유지하기 위해 스무 명 정도에게만 맡길 수밖에 없소이다."

이것은 예상한 일이다. 하지만 사이든이 직접 모습을 드러냈다는 것이 마음에 걸렸다. 그런 그가 무엇을 운반하니 조심하라는 말을 할 리가 없었다.

용병들도 그것을 알고 있었다.

"이번 의뢰금은 얼마나 됩니까?"

세르빌이 물었다.

곤은 유심히 그를 바라봤다. 확실히 노련한 용병이었다. 다른 용병들은 머뭇머뭇거리며 사이든이 나타난 것에만 신경 쓰고 있었으니까.

"이번 물건은 반드시 상대에게 건네야 하오. 하여 위험수당까지 해서 평상시보다 두 배를 주겠소."

"두 배라 하오면……."

"60골드요."

"아아아아아!"

이곳저곳에서 탄성이 터졌다. 본래 아슬란과 제국과의 밀무역은 위험성 때문에 상당한 의뢰금이 따라붙는다. 그렇기에 용병들이 서로 의뢰를 맡기 위해 종종 싸움을 하기도 했다.

그런데 그 두 배라니.

이 정도의 금액이라면 반년 이상은 놀고먹을 수 있었다.

그만큼 실패란 용납지 않는 위험한 일이기도 했다.

용병들은 자신들의 목숨을 팔고 돈을 번다. 돈만 많이 준다면 그것이 어떤 일이든 했다.

"조건이 따로 붙습니까?"

세르빌이 다시 물었다.

"없소."

"호송에 실패해도?"

"그렇소."

사이든 총수의 말을 듣는 순간 용병들의 눈이 빛났다. 몇몇은 대박이다, 뽑히기만 하면 용병 때려치우고 고향에 내려가도 되겠다고 말했다.

"미친놈들."

안드리안은 콧방귀를 뀌었다.

"왜요?"

곤이 의아해 물었다.

"사이든 총수의 말을 못 들었어? 호송에 실패해도 돈을 주겠다는 말."

"들었습니다."

"왜 그런 말을 내뱉었을 것 같아? 상대는 사이든 총수라고. 능구렁이 백 마리가 뱃속에 들어가 있는 자야."

"흐흠."

턱을 잠시 매만지던 곤은 미간을 좁혔다.

"다 죽으면 줄 필요가 없겠군요. 그만큼 위험한 의뢰이기도 하고."

"역시 똑똑해. 그 오크 꼬마를 찾게 되면 나랑 다시 한 번 일을 해보자고. 당신처럼 냉철한 남자라면 얼마든지 같이 일할 수 있으니까."

"확답을 할 수 있는 말은 아니군요."

"혹시나 해서 미리 말해두는 거야. 어쨌든 엄청 위험한 일이라는 것은 확실한데……."

그녀는 말끝을 흐린 후 곤을 보았다. 곤은 고개를 흔들었다.

"저는 무조건 제국으로 가야 합니다."

의뢰를 맡든 맡지 않든 그는 가겠다는 말이다. 그리고 안드리안은 그의 실력을 빌리는 대신 제국으로 데려가겠다고 약속했다.

용병이 아무리 무식하고 돈을 밝힌다고 하지만 약속은 무조건 지켰다. 신뢰를 잃은 용병은 더 이상 이 바닥에 붙어 있을 수가 없었다.

그것은 안드리안도 마찬가지였다.

"알았어, 알았다고. 가자고, 가."

그녀는 손을 들어 사이든에게 물었다.

"스무 명의 용병은 어떻게 뽑습니까?"

"실력순으로 하겠소."

다행이었다.

종종 유기적인 움직임을 원하는 상인들은 실력 좋은 용병보다는 용병단 전체를 원했다. 그렇게 되면 단둘밖에 없는 안드리안으로서는 어쩔 수 없이 이 의뢰를 포기해야 했다.

"이제부터는 내가 말을 하겠습니다."

사이든 총수 옆에 서 있던 무사가 앞으로 나와 말했다.

"지금부터 이곳에는 적과 아군이 따로 없소이다. 스무 명이 될 때까지 오직 두 발로 서 있으면 됩니다."

"어떤 방식이든 상관없습니까?"

"상관없습니다."

용병들의 얼굴에 미묘한 미소가 흘렀다.

규칙이 상관없다는 말은 무기를 사용해도 되고 편을 짜도 되며 용병단끼리 뭉쳐도 된다는 말이다.

"이것 참. 당신, 괜찮겠어?"

안드리안이 곤에게 물었다. 곤의 강함은 믿지만 아직 얼마나 경험이 있는지 확인하지 못했다. 지금과 같은 경우는 뛰어난 임기응변을 요구했다.

"괜찮습니다."

"뭐, 당신이 괜찮다면 괜찮겠지. 혹시 위험해진다 싶으면 내 등 뒤로 오라고."

"그렇게 하도록 하지요."

"이봐, 안드리안, 우리와 함께하자고. 여기서 의뢰를 받지 못하면 무척이나 억울할 거 아니야."

세르빌이 안드리안에게 말했다.

"웃기고 있어, 정말. 니 걱정이나 해. 나는 곤과 함께할 테니까."

"후회할 거야."

"그럴 일 없네요."

순간적으로 세르빌의 눈빛에서 살기가 떠올랐지만 그것을 느낀 자는 아무도 없었다. 다만 곤의 품속에 숨어 있는 펑펑만

이 세르빌을 뚫어지게 쳐다볼 뿐이었다.

"자, 시작하시오!"

사이든 상단의 무사들이 용병들과 크게 거리를 벌렸다. 시작 소리와 함께 용병들은 곧바로 무기를 꺼내 들었다.

상황은 곤의 예상대로 흘러갔다.

용병들은 용병단끼리, 혹은 아는 자들끼리 파티를 맺었다. 그리고 홀로 온 용병들을 상대했다. 급조한 파티도 있었지만 오랜 시간 손발을 맞춰온 자들을 당할 수는 없었다.

수십 명의 용병이 빠르게 쓰러졌다.

강한 자로 분류된 용병들은 비교적 안전했다. 특히 세르빌과 그의 동료에게 덤비는 용병은 아예 없었다. 안드리안도 마찬가지였다.

그들의 위명이 용병 세계에서는 꽤나 대단하다는 것을 다시 한 번 느꼈다.

숫자가 많은 무리는 열 명이나 되었다. 대체로 다섯 명 정도가 파티를 맺었다. 그들은 유기적으로 숫자가 적은 용병들을 쓰러뜨렸다.

어느새 남은 자는 수십 명도 되지 않았다. 세력의 균형이 절묘했다. 소수 그룹의 용병들은 모두 쓰러졌다. 이제 그들이 노릴 수 있는 자는 두 명뿐인 안드리안과 곤이었다. 용병들이 그들에게 다가왔다.

"곤, 뒤로 물러나."

안드리안 말했다.

"아니요. 안드리안이 뒤로 물러나세요."

의외에 말에 안드리안이 곤을 바라봤다. 곤은 무표정한 얼굴로 답했다.

"이런 일에 안드리안이 다치기라도 하면 안 됩니다."

"야, 인마, 난 흉포의 안드리안이야. 내가 다치긴 뭘 다쳐. 겨우 저따위 용병들에게 다칠 것 같아?"

"저번에도 얘기했지만 싸움에는 상성이 있는 겁니다. 그리고 저는……."

곤의 표정이 미묘하게 변했다. 웃는 것인지 찡그린 것인지 알 수가 없었다.

"다수에 꽤나 자신이 있습니다."

곤은 허공에 주문을 그렸다. 주문이 허공에서 흩어졌다. 곧이어 곤의 양 손바닥에서 조그만 회오리바람이 생겨났다.

대샤먼 크레타스와 말린에게 배운 재앙술법을 처음으로 사용하는 것이다. 내공을 모조리 사용한다고 하더라도 죽지 않으니 사용한다면 지금이 제격이었다.

"폭풍의 술(術)."

비록 폭풍의 술법 중 가장 최하위 단계지만 부두술인 바람의 술법보다는 파괴력이 높을 것으로 여겨졌다.

주문을 외침과 동시에 그의 양손에서 빙글빙글 돌던 작은 소용돌이가 팽이처럼 앞으로 튀어나갔다.

쿠쿠쿠쿠쿠!

소용돌이가 점점 커졌다. 손바닥 크기에서 사람 크기로, 이윽고 정원에 있는 나무 크기만큼 높아졌다.

용병들이 놀라서 멈췄다.

용병들의 사투를 의자에 앉아 재미삼아 지켜보던 사이든 총수도 벌떡 자리에서 일어났다.

두 개의 회오리는 전방에서 달려오는 용병들을 모조리 쓸어버렸다. 용병들은 짧게는 수 미터, 높게는 십 미터 이상까지 끌려 올라간 후 바닥에 떨어졌다.

"아이고아이고! 다리야!"

"으아악! 내 팔! 내 팔!"

한순간에 아비규환이 되었다.

곤도 입이 벌어졌다. 바람의 술법보다 강할 것이라 예상은 했지만 이 정도의 파괴력이 있는 줄은 몰랐다.

수십 명의 용병이 전투 불능이 되었다. 뼈가 부러진 용병도 상당수였다.

"아, 안드리안, 너 도대체 누굴 데려온 거야?"

세르빌이 경악에 찬 눈빛으로 안드리안에게 물었다.

"그, 그게… 나도 잘……"

안드리안이 말을 더듬거렸다. 곤이 강할 것이라 예상은 했지만 이런 듣도 보도 못한 술법을 쓰리라고는 상상도 하지 못했다.

그녀는 멍한 얼굴로 더 멍하니 서 있는 곤의 얼굴을 바라보았다.

상단 출발은 하루가 미뤄졌다. 곤으로 인해 용병들이 모조리 쓰러지는 바람에 다른 자들을 모집해야 했기 때문이다.

쓰러진 용병들보다 실력이 좋지 않은 자들이 모일 확률이 높았다.

하지만 사이든 총수는 별다른 말을 않았다고 한다. 그는 곤과 안드리안, 세르빌이 함께하는 것만으로도 충분하다고 생각하는 모양이었다.

특히 곤의 실력을 보며 크게 기뻐했다.

상단의 출발이 미뤄지는 바람에 곤과 안드리안, 세르빌 용병단은 장원 근처 고급 여관에서 묵게 되었다.

여관비부터 식비, 술값까지 모조리 사이든 상단에서 부담했다. 생각보다 훨씬 실력이 있는 것에 대한 보답인 듯했다.

짐을 푼 그들은 1층으로 내려와 술을 시켰다. 탁자부터 장식품까지 돈을 들인 티가 났다.

용병들이 버는 돈으로는 미치지 않고서야 이곳에 와서 술을 마시지 못한다.

푸짐한 안주가 나오고 고급술이 탁자에 놓였다.

"이야, 이 오리고기 봐. 냄새부터 달라."

세르빌 용병단에서 궁사를 맡고 있는 젠이라는 자가 탄성을 내질렀다.

"그러게. 이 자르르 흐르는 윤기 하며. 일단 먹자."

그들은 걸신들린 사람처럼 안주를 마구 찢어서 입안에 넣었다. 술도 마찬가지였다. 다른 손님들은 한 잔씩 우아하게 마셨으나 그들은 목구멍으로 쑤셔 넣기 바빴다.

순식간에 10인분의 안주와 세 병의 고급 밀주가 사라졌다.

"이거 공짜지?"

젠이 말했다.

"공짜야, 공짜."

"그럼 더 시켜."

"당연하지. 여기 다른 안주 10인분하고 술 다섯 병 더 주세요."

주방이 바빠졌다. 종업원은 쉴 새 없이 술과 안주를 날랐으며 주인장은 계산을 하기에 바빴다. 어차피 사이든 상단의 이름으로 먹는 것이기에 저들이 혹시 도망이라도 갈까 봐 노심초사할 필요도 없었다.

겨우 일곱 명이서 먹은 식사량이 40인분을 넘어섰다. 하루 매출액과도 같았다.

주인으로서는 횡재를 한 셈이다.

"캬, 기분 좋다. 내가 말이지……."

어느 정도 술이 오른 세르빌이 자신의 무용담을 호기롭게 얘기하기 시작했다. 그는 안드리안과 잘 아는 사이인 모양이었다. 과거 얘기를 하면 안드리안이 곧잘 알아들었다.

용병들은 거칠 것이라 여겼다. 하지만 이들을 보자니 모두가 그런 것은 아닌 모양이다.

상당히 유쾌했다.

보고 있자니 미소가 절로 흘렀다.

술자리가 끝났을 때는 손님은 모두 나가고 주인은 꾸벅꾸벅 졸고 있었다.

안드리안도 상당히 취했다. 몸을 제대로 가누지 못할 정도였다. 곤은 그녀를 부축하여 침대에 눕히고 자신의 방으로 돌아왔다.

"이야, 좋다. 이런 방 처음 봐."

펑펑이 탄성을 내질렀다.

사이든 상단이 잡아준 방은 족히 열 명은 누워서 잘 수 있을 만큼 컸다. 방 한구석에는 욕조도 있었다. 안에는 김이 모락모락 피어나는 따뜻한 물이 들어 있다.

그러고 보니 이 세계로 넘어와 제대로 된 목욕을 해본 적이 없다. 흐르는 땀을 냇가에서 씻는 정도였다.

곤은 옷을 벗고 욕조 안으로 들어갔다. 물을 데운 지 얼마 되지 않은 듯 따뜻하다 못해 뜨거웠다.

"하아, 좋군."

절로 탄성이 나왔다.

그는 욕조에 양팔을 걸치고 목까지 담갔다. 그동안의 피로가 한꺼번에 빠져나가는 기분이다. 가만히 앉아 있자니 졸음이 밀려왔다. 곤의 의식이 조금씩 수면 밑으로 가라앉았다.

얼마나 잤을까.

곤은 이상한 느낌에 눈을 떴다. 물이 차갑게 식어 있다. 꽤나 피곤했는지 물이 식은 줄도 모르고 그대로 잠이 든 것이다.

여관 밖에서 엄청난 살기가 곧바로 뻗어오고 있었다. 어지간한 몬스터를 능가하는 살기다.

곤은 재빨리 욕조에서 나와 옷을 걸쳤다. 씻고 나오자 옷에서 심한 악취가 진동했다. 그동안은 옷에서 이 정도로 냄새가 나는지도 모르고 있었다.

와장창!

그 순간 창문을 깨고 누군가 들어왔다. 그는 곤을 향해 곧바로 달려들었다. 달빛에 번쩍이는 칼날이 보인다. 곤은 몸을 옆으로 굴리며 그를 향해 발을 휘둘렀다.

퍽!

옆구리에 정확히 맞았다.

그는 맥없이 나뒹굴었다.

"크흑!"

"너는?"

그는 분명히 마을에서 본 아이였다. 이름이 헤이나라고 했던가.

소녀는 옆구리를 붙잡고 심하게 숨을 헐떡거렸다. 하지만 곤을 보는 눈매가 심상치 않았다. 멀리서부터 느껴지던 살기는 이 아이의 것이었다. 아이가 이렇게까지 살기를 뿜어낼 수 있다는 것이 믿기 어려웠다.

"조금 전 나를 죽이려고 한 것 같은데……."

곤은 담담히 물었다.

헤이나가 벌떡 일어났다. 그녀는 바닥에 떨어진 단검을 들고는 다시 곤을 향해서 덤벼들었다. 어린아이라고 믿기지 않을 만큼 흉악했다.

곤은 양손으로 그녀의 팔목을 움켜잡았다. 아이가 심하게 발버둥 쳤다. 양발로 번갈아가면서 곤을 걷어찼다. 아이라고 하지만 온 힘을 다해서 반항하니 다루기가 쉽지 않았다.

"도대체 왜 이러는 거야?"

"카악!"

팔다리로 곤을 해할 수가 없자 이빨을 내밀었다. 그녀의 이빨이 곤의 뺨을 훑고 지나갔다. 약간의 생채기가 생겼다.

"키히히히힉."

그제야 소녀의 움직임이 멈췄다. 대신 소름이 끼칠 정도로 기이한 웃음을 터뜨렸다.

곤이 그녀의 양팔을 놓아주자 아이가 바닥에 떨어졌다. 그런데 일어날 생각도 하지 않고 계속해서 웃는다. 눈동자가 휙 뒤집혀 흰자위만 보인다. 그래도 웃음을 멈추지 않았다.

"이해할 수가 없군."

"미친년이야. 어서 밖에 내다 버려. 아니면 여관 주인에게 말해서 내쫓으라고 하든지."

단전에서 휴식을 취하던 펑펑도 깨어난 모양이었다. 그녀도 미친 듯이 웃고 있는 헤이나를 보며 소름 끼치는 모양이다.

"너도, 너도 똑같이 당해봐야 해!"

소녀가 외치며 앞가슴을 풀어 헤쳤다. 이제 갓 봉긋하게 가슴이 생겨 있다. 하지만 그것이 곤의 눈에는 보이지 않았다. 그의 눈에 보이는 것은 그녀의 가슴에 새겨진 기이한 문양이었다.

샤먼의 주문이 아니었다.

"흐, 흑마법이야! 피해!"

펑펑이 외쳤다.

동시에 그녀의 가슴이 폭발하며 사방으로 피가 튀었다. 곤은 양팔로 얼굴을 가려 그녀의 피를 막아냈다.

아이는 갈비뼈가 옆으로 벌어져 있고 장기는 하나도 남아 있지 않았다.

곤은 지금의 상황을 이해할 수가 없었다.

"키히히힉! 이제 됐어. 너도, 너도 나와 똑같은 꼴을 당해봐야 해."

작게 숨을 헐떡이던 아이의 움직임이 멈췄다.

"도대체 이게 무슨……."

헤이나는 전쟁고아였다. 대륙에서 고아는 살아남기 어려웠다.

그녀는 용병들에게 잡혀 사창가로 팔려갔다. 열 살도 되지 않는 어린 계집은 하루에 수십 명도 넘는 용병을 상대했다. 그녀는 매일같이 죽게 해달라고 신께 기도했다. 그러나 신은 그녀의 소원을 들어주지 않았다.

아이에게 손을 내민 것은 용병 생활을 막 청산한 샬이라는 청년이었다. 샬은 자신이 모은 돈으로 헤이나를 샀다. 그리고 그는 헤이나를 데리고 고향으로 돌아왔다.

샬은 뛰어난 용병이 아니었다. 대신 깡은 어느 정도 있었다. 그에게는 건달이 적성에 맞았다. 도둑 길드에도 가입했다.

하지만 생각보다 수입이 신통치 않았다. 헤이나는 자신도 돕겠다고 말했다. 샬은 미소를 지으며 '헛소리 말고 신부 수업이나 해. 조금만 더 크면 나랑 결혼할 테니까'라고 말했다.

신부…….

전쟁고아이자 사창가에서 남자에게 몸을 팔던 자신을 신부로 맞이한다고?

헤이나는 남몰래 눈물을 흘렸다. 처음으로 찾아온 행복이었다. 그 행복을 놓치고 싶지 않았다. 그녀는 남자들을 꼬드겨 샬에게 데리고 갔다. 샬은 처음에는 불같이 화를 냈지만 수입이 쏠쏠해지자 재미가 들렸다.

그녀와 샬은 파티를 이뤄 마을에 나타난 낯선 사람들의 주머니를 털었다.

조금만 더 돈을 모으면 허름하지만 집도 살 수가 있었다. 약간의 농경지도 함께.

그런데 그런 샬이 무참하게 죽었다. 그녀의 목숨보다 소중한 사람이.

헤이나는 샬을 만나고 싶었다. 그래서 목을 매려고도 했다. 목을 매려던 그녀는 어느 순간 멈칫했다. 이렇게 죽을 수는 없었다.

그리고 지금, 목을 매어 죽지 않은 것에 만족한다.

샬을 직접 죽이지는 않았지만 죽게 만든 장본인이나 다름없는 개새끼, 그 자식도 자신과 똑같은 지옥을 맛볼 테니까.

소녀는 눈을 감았다. 누군가 그녀를 들어 올렸다. 따뜻한 손. 익숙한 손이다.

"샬."

"그래, 나야, 헤이나."

소녀는 눈을 떴다. 그토록 보고 싶던 샬이 눈앞에 있다. 둘은 마주 보며 빙그레 웃었다.

Chapter 6. 위험한 임무

상단의 위험한 행군이 시작되었다. 상단을 이끌고 있는 자는 놀랍게도 귀족이었다. 비록 하위 귀족인 남작이기는 하지만 일반 용병들이 쉽게 볼 수 있는 존재는 아니었다.

스무 명의 용병 외에도 열 명의 사병이 동원됐다. 그중에 한 명은 다른 자들과 분위기가 완전히 달랐다.

사람을 많이 죽인 자들은 특유의 살기가 풍긴다. 하지만 그가 풍기는 기운은 그것과 달랐다. 마치 잘 갈아놓은 검과 같다고나 할까.

곤은 그가 얼마나 강한지 짐작도 가지 않았다. 계속해서 신경이 쓰였다.

"저자는 누굽니까?"

곤이 안드리안에게 물었다.

"누구?"

"켈리온 남작의 사병들을 이끌고 있는 저자 말이에요."

"아, 저 딴딴하게 생긴 남자?"

"네."

"저자는 켈리온 남작의 장남인 뮬란이라고 해. 사이든 총수가 켈리온 남작을 중용하는 이유도 바로 뮬란 때문이라고들 하지."

"왜죠?"

"그야 강하니까."

"얼마나……."

"소드 워커를 마스터하고 소드 익스퍼트에 이르렀다고 하더라."

소드 워커? 소드 익스퍼트? 전혀 생소한 단어이다. 기사라는 말은 알고 있지만.

곤은 안드리안에게 설명을 부탁했다. 그녀는 그것에 대해서 알기 쉽게 설명해 주었다. 곤은 쉽게 알아들었다.

소드 워커는 검에 입문한 자를 일컫는 말이었다. 마나는 자유자재로 다루지 못하지만 검술만큼은 기사에 준할 정도의 실력이란다.

소드 익스퍼트는 마나를 자유자재로 다룰 수 있다고 한다.

간단하게 비교하자면 소드 익스퍼트는 일본군 전차였고, 소드 워커는 소총을 든 자였다.

솔직히 손을 맞대기 전에는 어느 정도 강한지 감이 오지 않을 듯했다.

"여기서 대륙까지는 얼마나 걸리죠?"

"왕복으로 치면 두 달이지만 편도는 한 달 정도 걸릴 거야. 근데 그건 편안한 도로로 갔을 때이고 지금처럼 평탄하지 않은 길로 가면 더 걸릴지도 모르지."

한 달이라…….

상당한 거리였다. 하지만 걱정은 하지 않으려고 한다. 코일코는 똑똑한 아이다. 눈치도 빨랐다. 그런 아이는 쉽게 죽지 않았다.

상단의 움직임은 빠르지 않았다. 빨리 움직이려고 해도 마차를 끌고 있는 말들이 쉽게 지쳤다. 마차의 무게가 상당했다. 담요로 가려놓아 안에 있는 물건이 무엇인지 확인할 수도 없었다.

쏴아아아!

삼 일째가 되는 날에는 폭우가 쏟아졌다. 정글이 가깝게 있어서 그런지 스콜은 시도 때도 없이 내렸다. 그 탓에 화물의 무게를 감당 못한 바퀴가 진흙에 빠졌다.

"이런, 모두 마차를 당겨라!"

켈리온 남작이 소리쳤다. 용병들과 사병들이 모두 달라붙어 마차를 한쪽으로 당겼지만 꼼짝도 하지 않았다. 오히려 마차 바퀴만 점점 수렁 속으로 빨려들어 갈 뿐이다.

히이이잉!

말들도 괴로워했다. 말들은 앞발을 들고 앞으로 가려고 했지만 어림도 없었다.

잘못하면 마차가 옆으로 무너질 수도 있었다.

"피, 피해야 돼."

그때 무너지는 쪽에서 마차를 받치고 있던 용병들의 얼굴이 사색이 되었다.

"안 돼! 움직이지 마! 화물을 잃으면 끝장이야! 한 발자국도 움직이지 마!"

켈리온 남작이 소리쳤다 그의 서슬이 시퍼런 말에 용병들은 움직일 수가 없었다.

쏴아아아!

빗줄기는 더욱 거세졌다. 진흙이 점점 파이며 마차가 기우뚱거렸다. 지금 당장 무슨 수를 쓰지 않으면 정말로 위험했다.

끼이익!

마차 바퀴가 신음 소리를 내며 점점 휘어졌다. 부러질 듯했다.

"으아아악!"

이대로는 짓눌려서 죽는다. 놀란 용병들이 마차에서 벗어났다. 마차의 쓰러지는 속도가 빨라졌다.

"이런 제길! 뮬란, 어떻게 좀 해봐! 으악! 엎어진다!"

켈리온 남작의 다급한 말에 상황을 지켜보던 뮬란이 앞으로 나섰다. 그가 마나를 움직이자 한쪽 팔의 근육이 꿈틀거렸다. 그리고 마차 앞쪽을 한 손으로 받아냈다. 기울어지던 마차가 일시적으로 멈췄다.

끼이이익!

하지만 한쪽만 막았다고 해서 멈출 수는 없었다. 뒤쪽이 기울어지고 있었다.

"저, 저……."

켈리온 남작의 얼굴이 하얗게 변했다.

뮬란이 이를 악물고 막았지만 마차는 점점 더 기울어졌다.

그 순간 두 개의 손이 한꺼번에 마차의 뒤쪽을 당겼다. 마차의 움직임이 완전히 멈췄다.

안드리안과 세르빌이었다.

"비록 용병이지만 우리도 마나를 다룰 줄 알아서 말이야. 자, 곤, 부탁해."

안드리안이 곤을 향해 싱긋 웃었다. 그녀가 무엇을 바라는지 대번에 알아들은 곤은 주문을 외웠다. 재앙술을 쓰다가는 마차가 파괴될지도 몰랐다. 지금은 훨씬 약한 술법을 써야 했다.

"바람의 술."

곤의 등 뒤에서 광풍이 불었다. 광풍은 비바람을 뚫고 마차의 옆면을 때렸다.

쿠우우웅!

마차가 기우뚱거렸다.

"다시 한 번. 바람의 술."

또 다른 광풍이 나타나 마차의 옆면을 때렸다. 이번에는 크게 휘청거렸다.

"지금이야!"

안드리안이 소리쳤다. 마차를 잡고 있던 이들이 있는 힘껏 반대편으로 당겼다.

쿠우웅!

마차가 제자리로 돌아왔다. 크게 진동한 덕분에 마차 바퀴도 빠졌다.

"와아아아! 됐어! 됐어!"

용병들과 사병들이 한시름 놓았다. 켈리온 남작도 마찬가지였다. 그는 아들인 뮬란에게 수고했다고 말했다. 다른 자들에게는 어떤 말도 하지 않았다. 몇몇이 발끈했지만 세르빌이 말렸다.

"화낼 필요 없어. 원래 귀족이라는 작자들은 대부분 저러니까. 괜히 한마디 했다가 목 잘리지 말고 가만있어."

비는 쉽게 그치지 않았다. 마차는 두 번이나 바퀴가 빠졌지만 처음보다는 쉽게 꺼냈다.

쉽게 꺼냈다고 해서 고생을 하지 않은 것은 아니다. 용병, 사병들 모두가 비에 젖어 지쳐 갔다. 장시간 비에 노출되어 있어 체온도 급격히 떨어졌다.

만약 쉴 곳을 찾지 못하면 크게 낭패를 볼 수도 있었다. 적의 습격이 아니라 자연의 힘에 의해서 전멸할 수도 있었다.

천만다행으로 밤이 되기 전에 그들은 작은 마을에 도착할 수 있었다. 20가구도 되지 않은 작은 마을이었다. 상단을 발견한 한 사내가 급히 마을 안쪽으로 뛰어갔다. 상단은 마을 내부로 들어섰다.

한 노인이 상단이 있는 곳으로 빠른 걸음으로 다가왔다. 노인은 상단 선두에서 말을 타고 있는 켈리온 남작에게 다가가 고개를 숙이며 말했다.

"뉘신지요."

"나는 켈리온 남작이다. 급히 가야 하지만 날이 이러하여 발이 묶였다. 이곳에서 하룻밤 묵었으면 한다."

자신이 귀족이라는 것을 내세우기라도 하는 듯 상당히 고압적이다.

상대가 귀족이라는 것을 안 촌부는 연신 허리를 굽혔다. 이곳에서, 아니, 전 대륙에서 귀족을 거스르고 살 수 있는 평민은 없었다. 특히 이곳과 같은 시골에서는 귀족에게 죽임을 당한다고 하더라도 어디에 하소연할 데도 없었다.

대륙의 법은 귀족을 위해서 존재했다. 법은 평민 위에 있었다.

"아, 알겠습니다. 그런데… 이곳은 시골이라 귀하신 분께서 몸을 뉘일 만한 마땅한 거처가 없습니다."

"상관없다. 큰 방 하나와 저들이 같이 쉴 곳이면 된다."

즉 자신과 아들은 나름 좋은 곳에서 쉬고 마차를 지킬 용병들은 아무 데서나 쉬어도 된다는 말이었다.

"알겠습니다. 조속히 뫼시겠습니다."

늙은 촌부는 고개를 숙여 보이고는 종종걸음으로 사라졌다.

촌부가 안내해 준 곳은 큰 창고였다. 마을 사람들이 공동으로 쓰는 창고 같았다.

창고 안에 마차를 세우고 용병과 사병들은 한쪽 구석에 따로 자리를 잡았다.

밖에서는 아직도 세찬 빗줄기가 쏟아지고 있었다. 그들은 몸을 녹이기 위해 모닥불을 피웠다. 연기가 밖으로 빠져나가지 않아 탄 냄새가 밸 테지만 그것보다는 추위에 젖은 몸을 녹이는 것이 시급했다.

"그런데 마차 안에 있는 물건이 무엇일까."

안드리안이 마차를 보며 중얼거렸다.

"글쎄다. 귀족이 직접 나선 것으로 봐서는 무척이나 중요한 물건은 분명한데."

세르빌이 대답했다.

"설마 금괴?"

금괴란 소리에 모든 용병들이 눈을 반짝였다. 저 정도 크기의 금괴라면 소왕국의 1년 치 운영 예산과 맞먹는다. 상상을 초월하는 금액이다.

"에이, 그건 아닐 거야. 저 정도의 금괴를 운반하면서 용병들을 쓴다고? 어림도 없는 소리지. 반드시 기사단을 대동했을 거야."

"있잖아, 기사."

"한 명뿐이잖아."

"흠, 그런가?"

안드리안이 볼을 긁적거렸다. 그들의 대화를 듣고 있던 용병들은 그러면 그렇지 하는 표정으로 고개를 돌렸다.

곤은 마차를 유심히 살펴봤다. 분명 금괴일 가능성은 있었다. 하지만 마차에서는 사이한 기운이 느껴졌다. 마차에 가까이 가고 싶지 않은 기분이다.

펑펑에게 물었지만 그녀도 같은 기운을 느낄 뿐 정확히 무엇인지는 잡아내지 못했다.

"그만들 떠들고 잘 준비를 하자고. 우리 같은 용병들이 체력을 보충하는 데는 잠만 한 것이 없어."

세르빌의 말에 모두가 잠을 잘 채비를 하느라 한창 움직이고 있을 때였다.

"잠깐."

곤이 벌떡 일어났다.

"왜?"

안드리안이 의구심 가득한 눈빛으로 곤을 보았다. 짧은 시간 함께 지냈지만 그녀는 곤을 믿었다. 세상의 경험이 없다 뿐이지 그의 감각과 실력은 상당히 뛰어났다.

"조용히."

곤이 입술에 손가락을 가져다 댔다.

모두가 움직임을 멈추고 곤을 보았다. 용병들도 소문으로 들어 곤이 월등한 실력을 갖췄다는 것을 알고 있었다. 직접 눈으로 확인하기도 했다.

용병들의 움직임이 이상하자 사병들도 멈췄다. 창고 안이 조용해졌다.

쏴아아아아!

밖에서 내리는 빗소리만 들릴 뿐이다.

"왜?"

안드리안이 목소리를 낮춰 조용히 물었다.

"살기."

"살기?"

곤의 말이 무슨 의미인지 안드리안은 대번에 알아들었다. 그는 곧바로 대검을 들었다.

"젠장, 창고 밖이다! 모두 준비해!"

곤이 외쳤다.

빗소리에 묻혀 누군가 다가오는 것을 전혀 눈치채지 못했다. 살기조차 희미했다.

콰직!

그 순간 수십 개의 창이 창고 문을 뚫고 날아들었다.

"크아아악!"

이런 식으로 공격을 당할 줄은 몰랐다. 경계를 서던 서너 명의 용병들이 당해서 쓰러졌다. 사병들도 마찬가지였다.

벽을 뚫고 들어온 창이 밖으로 빠져나갔다.

꽈직!

이번에는 다른 방향에서 창이 뚫고 들어왔다. 창에 찔린 용병들이 또다시 쓰러졌다.

꽈직! 꽈직!

창은 방향을 바꿔가며 계속해서 창고 벽을 뚫고 들어왔다.
반수 이상이 창에 찔려 전투 불능이 되었다. 곳곳에서 신음 소
리가 들렸다.

몇몇은 치명상을 입었다.

"여기 있으면 전멸이야! 나가야 돼!"

안드리안의 말대로 이대로 있다간 제대로 반항조차 하지 못
하고 죽고 말 것이다.

"바람의 술!"

곤은 주문을 외웠다. 작은 바람이 생겨나며 앞으로 날아가
창고 문을 박살 냈다. 창이 손쉽게 창고 벽을 뚫을 정도로 얇
았다. 생각대로 위력이 약한 바람의 술법으로도 창고 문은 산
산조각이 나며 튕겨졌다.

창고 문 앞에는 건장한 체격의 사내가 창을 들고 서 있었다.
갑작스럽게 창고 문이 박살 나자 놀란 눈치다.

곤은 그를 향해서 손도끼를 던졌다.

빡!

정확하게 사내의 두개골을 반으로 쪼겠다. 그의 손도끼 실
력은 황색 오크 부족 내에서도 수위였다. 이 정도 거리에서 빗
나갈 일은 없었다.

곤의 뒤를 안드리안이 따랐다. 싸울 수 있는 용병과 사병들
이 그 뒤를 따랐다.

창고 밖에는 서른 명 정도의 마을 사람들이 서 있었다. 모두
창을 든 사내들이었다. 눈빛이 흉흉했다.

"젠장, 엿 됐다. 도적 마을이었어."

안드리안이 어금니를 물었다. 하필 많고 많은 마을 중에 도적들의 본거지로 들어올 줄은 예상하지 못했다. 범의 굴에 머리를 밀어 넣은 꼴이었다.

후회하고 있을 틈은 없었다. 모두가 검과 창을 들고 도적들에 맞섰다.

싸움이 시작됐다.

수적으로 열세지만 경험이 많은 용병들이기에 어느 정도 버틸 수가 있었다.

그중에서 안드리안과 세르빌 용병단의 실력은 압도적이었다. 안드리안 혼자서 세 명의 도적을 무난하게 막아냈다. 아니, 세 명의 도적을 눈 깜짝할 사이에 베어버렸다.

"오, 실력은 녹슬지 않았는데?"

도적들을 베던 세르빌이 안드리안에게 다가왔다.

"말할 시간 있으면 한 놈이라도 더 베. 여기서 죽고 싶지 않으면."

"그래, 그래야지. 그런데 말이야, 이것 참 미안하게 됐어."

세르빌이 싱긋 웃었다.

알 수 없는 위화감을 느낀 안드리안이 세르빌을 바라봤다.

늦었다.

그의 검이 안드리안의 배에 박히고 있었다.

"크학!"

안드리안의 입에서 비명이 터졌다. 목숨처럼 지켜오던 대검마저 떨어뜨렸다.

푸확!

세르빌이 안드리안의 뱃속에 박힌 검을 **뺐다**. 엄청난 양의 피가 솟구쳤다. 안드리안은 내장이 빠져나오는 것을 막기 위해 손바닥으로 상처 부위를 막았다.

"이, 이 새끼, 뭐하는 짓이야!"

안드리안이 비틀거리며 물었다. 그의 갑작스러운 공격을 이해할 수가 없었다.

세르빌이 어깨를 으쓱거렸다.

"너무 억울해하지 말라고. 우리 바닥이 다 그렇잖아."

그는 손가락으로 동그라미를 그렸다.

"꽤 짭짤한 의뢰가 있었거든."

"의뢰?"

"그래, 의뢰. 마차에 실린 물건이 대단하거든."

"빌어먹을 새끼."

안드리안은 어금니를 깨물었다. 상대를 너무 믿었다. 아니, 믿었다기보다는 그가 자신을 공격할 것이라고는 생각도 하지 못했다.

"안드리안!"

곤도 안드리안이 공격당하는 것을 보았다. 처음에는 헛것을 본 줄 알았다. 피를 토하는 안드리안을 보자 분노가 치밀어 올랐다.

"오우, 부단장."

곤에게 고개를 돌린 세르빌이 피식 웃었다. 그는 부단장이라는 말에 악센트를 넣어 말했다. 조롱하는 뜻이 분명했다.

곤은 손도끼를 들고 세르빌에게 다가갔다. 곤을 가로막은 두 명의 용병이 검을 휘둘렀다. 곤은 허리를 뒤로 꺾었다. 아슬아슬하게 검이 배를 훑고 지나갔다.

그들을 뒤로하고 세르빌에게 뛰어갔다.

젠이 활시위에 활을 먹인 후 곤에게 쏘았다. 첫 번째 화살을 손도끼로 쳐냈다.

젠은 다시 활을 쏘았다.

멀티 샷!

세 발의 화살이 약간의 시간차를 두고 곤에게 쏟아졌다.

"바위의 술!"

바닥에서 튀어나온 돌이 화살을 막아냈다. 곤은 돌을 밟고 공중으로 뛰었다.

"호, 과연 부단장이 될 만한 실력이구만. 하지만 아직 멀었어."

세르빌 용병단 중에서 후드를 쓰고 있는 여인이 앞으로 나섰다. 그녀가 다른 사람과 말을 섞는 것을 본 적이 없다. 하여 그녀의 특기가 무엇인지도 알지 못했다. 이름이 연이라는 것만 알고 있다.

"라이트닝 볼트!"

그녀의 고운 목소리와 함께 로브에서 번개가 발사되었다. 예상 밖의 공격에 곤은 노출되고 말았다.

빠지지지직!

라이트닝 계열의 공격은 비가 오는 날에는 그 위력이 극대화된다. 1서클 공격으로도 사람의 목숨을 충분히 해할 수 있었다.

그것에 직격당했다.

"크허허헉!"

곤은 온몸이 타들어가는 듯한 고통을 느꼈다. 하마터면 의식이 날아갈 뻔했다.

허공으로 떠올랐던 곤은 웅덩이 바닥에 추락했다. 온몸에서 연기가 모락모락 피어올랐다. 상당히 그을렸다.

"주인, 정신 차려! 이러다간 주인도 안드리안도 모두 죽어!"

알고 있다.

귀청 떨어지니까 너무 소리 지르지 마.

곤은 억지로 몸을 일으켰다.

"라이트닝 볼트!"

또다시 마법이 발현되었다.

곤은 몸을 옆으로 굴렸다. 그가 있던 웅덩이에 라이트닝 볼트가 명중했다. 눈이 부실 정도로 스파크가 튀었다.

연은 연속으로 라이트닝 볼트를 발사했다.

곤은 좌우로 뛰었다. 화살을 피할 때도 이렇게 한다. 예상대로 라이트닝 볼트는 곤을 맞추지 못했다. 그는 화살을 꺼내 반으로 쪼갠 후 연의 어깨를 찍었다.

푹!

"아아악!"

연이 비명을 지르며 어깨를 부여잡고 풀썩 주저앉았다. 마법이라는 능력이 무섭기는 하지만 연은 접근전에는 상당히 취약했다.

"이 새끼가!"

세르빌이 코앞까지 다가온 곤에게 검을 휘둘렀다. 곤은 재빨리 고개를 숙였으나 머리카락이 잘려나갔다.

세르빌은 검의 궤도를 바꿔 밑으로 내리쩍었다. 곤은 허리를 숙이던 힘을 그대로 이용해 360도로 돌았다. 그의 등을 아슬아슬하게 검이 스치고 지나갔다. 곤은 몸을 회전시키며 단검을 위로 쳐올렸다.

"크악!"

세르빌은 한쪽 손으로 얼굴을 가리고 뒤로 물러났다. 얼굴에서 피와 빗물이 뒤섞여 흘렀다.

기회였다.

곤은 앞으로 쓰러지고 있는 안드리안을 어깨에 들쳐 멨다.

"펑펑!"

"걱정 마, 주인."

펑펑은 안드리안의 상처를 양손으로 붙잡았다. 그녀의 손에서 녹색 빛이 흘러나와 피를 멎게 했다. 상처가 낫지는 않지만 약간의 시간은 벌 수 있었다. 펑펑은 내장이 쏟아지지 않게 상처를 있는 힘껏 틀어막았다.

곤은 마을 외곽을 향해서 뛰었다.

"저 새끼, 사로잡아! 반드시 내가 가죽을 벗겨 버리겠다!"

한쪽 눈이 곤의 의해서 잘려나간 세르빌이 미친 듯이 소리 쳤다.

곤이 멈칫거렸다. 그는 세르빌을 돌아보며 말했다.

"내가 다시 돌아오는 순간에는 반드시 네 머리 가죽을 벗겨 주지."

말을 마친 곤은 곧장 마을을 벗어났다.

"잡아! 잡으라고!"

하지만 한발 늦었다. 숲 속으로 들어간 곤을 잡기란 쉬운 일 이 아니었다.

*   *   *

곤은 나뭇가지가 인간의 몸통만큼이나 두꺼운 나무 위에 올 라가 있었다. 자리가 불편하기는 했지만 숲 속에서 몸을 숨기 고 있는 것보다는 나았다. 일단은 비를 피할 수가 있었다.

"괜찮습니까?"

곤이 조심스럽게 물었다.

"허헉허헉! 이게 괜찮아 보이냐?"

상처는 심했다.

천만다행이라고 할까. 한 치만 안쪽으로 들어갔으면 중요 장기가 반으로 갈라졌을 것이다. 그렇다면 의식을 차릴 사이 도 없이 즉사였다.

"지혈은 됐어요. 하지만 상처가 꽤 심해요. 잠시만 계세요."

곤은 나무 밑으로 내려가 약초를 캐왔다. 그것을 이빨로 질근질근 씹어 상처 부위에 발라주었다. 안드리안이 더럽다면서 하지 말라고 했지만 개의치 않았다. 이대로 내버려 뒀다가는 파상풍으로 죽을 수도 있었다.

"최소한 열흘은 안정을 취해야 합니다."

"열흘? 안 돼. 의뢰를 완수해야 해."

"지금은 움직이면 안 됩니다."

"절대 안 돼. 죽는 한이 있더라도 의뢰는 완수해야 해."

"목숨까지 버려가면서 그럴 필요가 있습니까?"

곤은 이해할 수가 없었다.

"그것이 용병이야. 용병은 신뢰로 먹고살아. 여기서 신뢰가 깨지면 용병으로선 살아갈 수가 없어. 더군다나 세르빌 놈이 내가 도망갔다고 말하면 끝장이야."

그렇다.

켈리온 남작과 뮬란은 그들에게 어떤 일이 벌어졌는지 모른다. 만약 세르빌이 중간에서 정보를 조작한다면 안드리안의 말대로 그녀는 더 이상 이 바닥에서 살아나갈 수 없었다.

"여기서 기다리세요."

"뭐? 왜?"

"어이, 상처 입은 아가씨. 주인의 말대로 여기서 기다려."

펑펑이 짐짓 점잖은 표정을 지으며 안드리안의 어깨를 토닥거렸다.

"제가 안드리안의 신뢰를 지켜드리겠습니다."

곤은 나무 위에서 뛰어내렸다.

"이봐, 곤! 곤! 무슨 짓을 하려고. 으으윽."

안드리안이 곤을 불렀다. 곤은 그녀를 향해 미소를 지어 보이고는 숲 속으로 사라졌다. 그가 가는 방향은 분명 도적들의 마을이었다.

안드리안은 그를 쫓아가려고 했다. 하지만 고통이 너무나 심해 다시 등을 기대야 했다.

쏴아아아!

비는 지겹도록 내렸다. 덕분에 곤은 마을까지 쉽게 접근할 수가 있었다. 마을 안으로 들어섰지만 아무런 소리도 들리지 않았다.

그가 이곳을 빠져나갈 때만 하더라도 치열하게 병장기 부딪치는 소리가 울리고 있었다.

지금은 고요했다.

곤은 발소리를 죽여 창고 근처로 다가갔다. 수십 구가 넘는 시체가 바닥에 쓰러져 있다. 용병들과 사병들, 그리고 그들을 습격한 도적들이었다.

도적들의 시체가 월등히 많았다. 전멸이었다. 하긴 아무리 도적들이 흉포하다고 하더라도 실전으로 다져진 용병과 사병들을 당해내기란 쉽지 않았을 것이다.

"너희들, 이게 뭐하는 짓이냐!"

멀지 않은 곳에서 켈리온 남작의 목소리가 들려왔다. 곤은 창고를 돌아 켈리온 남작의 목소리가 들린 곳을 바라봤다.

뮬란과 살아남은 몇몇의 사병들이 세르빌 용병단과 대치하고 있었다. 뮬란의 뒤로 빠진 켈리온 남작은 몹시 노여운 듯 얼굴을 붉혔다.

"씨발, 보면 모르겠어!"

세르빌이 날카로운 목소리로 말했다. 그는 한쪽 눈에 안대를 하고 있었다. 눈알 한쪽을 잃어버렸기 때문인지 그는 무척이나 짜증이 나 있었다.

"너희는 용병이지 않느냐. 신뢰를 잃어서 좋을 것이 없을 텐데?"

"신뢰를 잃어서 좋을 것은 없지. 그런데 누가 그것을 알까."

살인멸구하겠다는 소리다.

"감히 사이든 상단의 뒤통수를 치고서 살아남을 것이라고 보느냐!"

세르빌이 어깨를 으쓱거렸다.

"당연하지. 마차에 실린 물건만 넘기면 우리는 대대손손 잘 먹고 잘살 수 있거든. 작위를 살 수 있을 정도의 거금을 손에 넣을 거야. 그러니까 그런 걱정은 당신이 할 필요가 없어."

"도대체 누구냐? 누가 너희에게 그런 의뢰를 했나 말이다!"

"의뢰인에 대해서는 절대 발설하지 않는다는 용병의 규칙을 모르나 보지?"

"그들이 주는 것의 두 배 주지."

"두 배?"

"그래."

"큭큭큭."

세르빌이 입술을 뒤틀었다.

"우리를 아주 졸로 보나 봐. 겨우 그깟 푼돈 가지고."

"그럼 다섯 배."

"됐거든."

"열 배."

"열 배든 백 배든 소용없어."

"배신자 새끼가!"

"마음대로 말해도 돼. 죽기 전 유언이라고 생각해 주지."

"호락호락하지는 않을 게다."

켈리온 남작의 말과 함께 뮬란의 검에서 푸른색 아지랑이가 피어올랐다. 마나를 이용해서 만들어낼 수 있는 극강의 무기, 오러였다.

"오러라……. 물론 오러를 사용할 수 있는 기사들은 정신적으로나 육체적으로나 엄청나게 강하지. 하지만 오러가 기사들의 전유물이라고는 생각하지 마."

세르빌의 검에서도 오러가 아지랑이가 피어올랐다. 그의 오러는 검은색이었다. 푸른색 오러보다 더욱 파괴적이라고 알려진 검은색 오러.

"자, 그럼 시작해 볼까? 우리 남작님을 곱게 보내드리자고."

세르빌 용병단의 공격이 시작되었다.

뮬란과 사병들도 그들을 상대로 검을 부딪쳤다.

사병들의 숫자가 세르빌 용병단보다 몇 명 더 많았다. 하지만 조합이 좋지 않았다. 그들은 검술을 쓰는 검사들이 전부였지만 세르빌 용병단에는 궁사와 마법사가 포함되어 있었다.

애초에 상대가 되지 않았다. 전투가 시작된 지 몇 분도 되지 않아 사병들은 모두 시체가 되어 차가운 진흙탕에 쓰러졌다.

남은 사람은 뮬란뿐이었다. 그는 악전고투했지만 세르빌 용병단의 용병들이 쥐를 가지고 놀듯이 공격하지 않았다면 진작 목숨을 잃었을 것이다.

그들의 모습을 보고 있던 곤은 눈살을 찌푸렸다. 그는 처음부터 세르빌을 믿지 않았다. 세르빌은 살모사의 눈을 하고 있었다. 언젠가 반드시 안드리안과 자신에게 해를 끼칠 것이라고 은연중에 생각했다.

예상보다 그것이 빨라 안드리안이 큰 상처를 입게 됐지만.

곤은 정신을 집중해 가지고 있는 내공을 모조리 끌어올렸다.

폭풍의 술보다 한 단계 위 수준의 재앙술을 실현할 것이다.

"죽은 자들의 속삭임."

주문과 함께 엄청난 내공이 몸 밖으로 빨려나가는 것이 느껴졌다. 누군가 그의 내장을 강제로 뽑아내는 느낌이랄까. 하마터면 고통에 신음 소리를 낼 뻔했다. 고통을 억지로 참아냈다.

겨우 2단계의 재앙술을 사용했을 뿐인데 몸에는 엄청난 무리가 왔다.

사이한 기운이 창고 근처로 퍼졌다.

<u>크르르르!</u>

그 순간 죽은 시체들이 천천히 몸을 일으키는 것이 아닌가.

머리가 잘려서 죽은 시체, 팔다리가 없는 시체, 두개골이 반으로 쪼개진 시체, 내장을 질질 흘리는 시체 등 모두가 하나도 빠짐없이 일어섰다. 시체들은 바닥에 널브러져 있는 자신의 무기를 집어 들었다.

쏴아아아아!

시체는 빗속을 뚫고 세르빌 용병단을 향해서 느릿느릿 걸어갔다.

"대, 대장, 잠깐만."

뮬란을 몰아세우고 있는 세르빌을 젠이 다급하게 불렀다. 세르빌이 뒤로 물러났다. 그 대신 무투사 쿠도와 검사 켈베가 뮬란을 상대했다.

"왜?"

"저, 저기 좀 보세요."

젠이 창고 쪽을 가리켰다 그곳에서는 수십 명의 사내가 붉은 안광을 빛내며 세르빌을 향해 다가오고 있었다.

수십 명의 사내들.

용병과 도적들이 뒤섞여 있는 그들은 분명 죽은 자들이었다.

"구, 구울?"

구울은 어둠의 귀족 뱀파이어에게 물려 죽은 자도 산 자도 되지 못한 망령이 되어버린 족속을 뜻했다.

"아닙니다. 사기를 느끼지 못했어요."

마법사 연이 고개를 흔들었다.

"그럼 저건 도대체 뭐야?"

"좀비예요."

"좀비?"

"네."

좀비는 구울과는 다르다. 스켈레톤과도 달랐다. 그것들은 살아서 움직이는 시체였다. 영혼 따위는 존재하지 않는 살아 있는 시체.

"좀비가 왜 이곳에 나타난 거야?"

"모릅니다."

"그럼 어째야 하는 거야?"

"일단 물러나야 해요. 좀비는 위험합니다."

"물러나라고? 흥! 어림도 없는 소리! 우리가 마차를 넘기지 않으면 어떻게 될 거라는 것은 너도 알고 있잖아. 무조건, 무조건 마차를 확보해야 해."

"하지만 너무 위험해요."

"닥쳐! 겨우 수십 마리의 좀비 따위!"

카아아아아!

좀비들이 움직임이 빨라졌다. 움직임이 무척이나 느리다고 알려진 것과는 달랐다. 그들의 움직임은 생전에 살아 움직일 때와 별반 다르지 않았다.

"시체들 따위, 다 죽여 버려!"

젠의 활이 목표를 달리했다.

쐐애애액!

그의 손을 떠난 화살들이 좀비들의 머리통을 꿰뚫었다. 머리가 박살이 난 좀비들이 바닥에 쓰러졌다. 하지만 그들은 영혼이 없는 시체. 머리가 사라진 채로 금방 일어나 인간들을 공격했다.

"파이어 월!"

마법사 연은 자신이 가진 최강의 공격 마법을 시전했다. 그녀는 4서클의 마법사. 파이어 월은 대단위 공격 마법으로서 지금과 같은 적을 상대하기에 무척이나 유용했다.

5m 높이의 불기둥이 사방으로 뻗어 나가 좀비들을 불태웠다.

끼에에에에·

좀비들이 아우성쳤다.

문제는 아직도 폭우가 쏟아지고 있다는 것이다. 제아무리 파이어 월이 강력한 마법이라고 하지만 지금처럼 쏟아지는 폭우 앞에서는 제 위력을 발휘하기가 힘들었다.

불기둥은 금방 수그러들었다.

파이어 월에 의해 살점이 모두 타버린 좀비들의 몰골은 흉측했다. 그들은 붉은 안광을 빛내며 더욱 빠르게 다가왔다.

"아이스 볼트! 아이스 볼트!"

마법과 화살이 난무했다. 엄청난 양의 공격을 퍼부었지만 좀비들은 쓰러졌다가 일어나기를 반복하며 차근차근 거리를 좁혀왔다.

끝내 세르빌 용병단은 좀비들에게 살상 거리를 내주고 말았다.

"크아아악!"

젠의 팔이 좀비에게 물렸다. 활이 바닥에 떨어졌다. 젠은 허리춤에서 단검을 꺼내 자신을 물고 있는 좀비의 목을 마구 찔렀다.

좀비는 좀처럼 떨어지지 않았다. 다른 좀비가 그의 다리를 물었다. 옆구리, 목, 머리, 허벅지, 발목, 팔목 등 하나씩 하나씩 산 채로 뜯겨 나갔다.

거리를 잃어버린 궁사와 마법사는 일반 병사 하나도 당해내기가 쉽지 않았다. 그들의 육신은 좀비들에게 좋은 먹잇감에 지나지 않았다.

쿠도, 켈베가 악전고투했지만 그들 역시 좀비의 먹잇감이 되는 데 오랜 시간이 걸리지 않았다.

"도대체 이 괴물들은 어디서 나타난 거야!"

세르빌이 분노가 가득 섞인 비명을 질렀다. 그는 마나를 끌어올리며 좀비들의 육체를 분쇄했다. 완전히 박살이 난 좀비들의 썩은 육신이 바닥에 떨어졌다.

명불허전.

오러를 사용할 수 있는 자는 차원이 다르게 강하다. 하지만 그는 너무 흥분했다.

쐐애애액!

어디선가 날아온 화살 한 발이 좀비들을 학살하고 있는 세르빌의 머리통을 뚫고 지나갔다.

주르륵.

이마가 뻥 뚫린 세르빌은 손을 들어 상처 부위를 만졌다. 치명상을 입었다는 사실을 믿지 못하겠다는 표정이다. 그는 입을 뻥긋거리며 무어라 중얼거렸다. 아무도 알아듣지 못했다.

곧이어 세르빌은 바닥에 쓰러져 일어나지 못했다.

"이, 이게 도대체……."

켈리온 남작은 지옥과 같은 광경을 지켜보며 부들부들 떨었다. 그가 할 수 있는 일은 아무것도 없었다. 도망치고 싶었다. 하지만 마차가 있는 이상 절대로 도망칠 수가 없었다.

"아버님, 일단 여기서 빠져나가시죠."

뮬란이 다급하게 말했다. 어지간한 일에는 조금도 동요하지 않는 그였지만 지금과 같은 상황에서는 얘기가 달랐다.

살아 있는 시체를 앞에 두고 그가 할 수 있는 일은 약간의 시간을 버는 것뿐이었다.

"내가 가긴 어딜 간단 말이냐. 저 물건을 반드시 호송해야 한다. 그렇지 않으면 우리 가문은 끝장이다."

"알고 있습니다. 하지만 일단 살아야 하지 않겠습니까. 여기서 아버님이 죽어도 가문은 망합니다. 하지만 살아만 계시면 어떡하든 방법이 있을 겁니다."

"하, 하지만……."

"전 괜찮습니다. 제 동생도 있고 막냇동생도 있지 않습니까. 아이들이 저를 대신할 겁니다. 하지만 아버님을 대신할 사람은 없습니다."

켈리온 남작은 신음을 흘렸다.

이성은 아들의 말이 맞다고 하지만 감성은 그렇지 않았다. 뮬란이 어떤 아들인가. 어릴 때부터 신동 소리를 들으며 몰락한 가문을 일으켜 세운 장본인이다. 다시 가문의 깃발을 세웠을 때 켈리온 남작은 아들을 안고 울었다.

그런 아들을 좀비들의 소굴에 두고 어떻게 가란 말인가.

도저히 그럴 수가 없었다.

"어서요, 아버지."

뮬란의 눈빛이 촉촉이 젖어갔다.

안다. 알아. 가야 한다는 것을 알고 있다. 그래도 아들의 모습을 잠시라도 더 눈 안에 넣어두고 싶었다.

그때였다.

쐐애애액!

파공음 소리가 들렸다. 또다시 날아온 화살이 좀비들의 머리를 박살 냈다. 머리가 박살 난 좀비들이 쓰러졌다.

그런데 그들은 다시 일어나지 않았다. 분명 조금 전까지만 하더라도 머리가 없어도 벌떡벌떡 일어나던 좀비들인데…….

누군가 빗속을 뚫고 나타났다. 손도끼를 들고 있는 그는 좀비들을 닥치는 대로 학살했다.

미친 듯이 용병들의 시체를 파먹던 좀비들은 이상하리만치 사내에게 대항하지 못했다.

좀비가 약한 것이 아니다.

사내가 강한 것이다.

수십 마리의 좀비가 순식간에 몰살당했다.

쏴아아아!

더 이상 움직이는 좀비는 없었다. 두 발을 디디고 선 자는 사내 혼자뿐이었다.

곤이었다.

도무지 믿을 수 없는 광경에 켈리온 남작과 뮬란은 멍하니 곤을 바라보았다. 지금까지 그들은 곤을 마법사로 알고 있었다. 겉으로 보기에도 키만 클 뿐 무사와는 거리가 멀었다.

저벅저벅.

곤이 그들에게 다가왔다.

"괜찮으십니까?"

"어? 어. 그래, 괜찮네."

켈리온 남작은 살았다는 안도감에 말을 더듬거렸다.

"늦지 않아서 다행입니다."

"고맙네. 그런데 자네 이름이……?"

켈리온 남작은 용병들의 이름 따위는 외우지 않았다. 외울 필요도 없었다. 그러나 지금은 생명의 은인이 아닌가.

"곤입니다."

"곤, 정말 고맙네. 자네가 아니었으면 우리 부자는 살아남지 못했을걸세."

"별말씀을. 저희는 용병입니다. 신뢰를 깰 수는 없죠. 할 일을 했을 뿐입니다."

"당연한 말이지만 지키기도 쉽지 않은 일이지. 저기 좀비들에게 당한 자를 보면 알 수 있듯이."

켈리온 남작은 이마가 뚫려서 죽어 있는 세르빌을 보았다. 그를 보자 욕지기가 튀어나왔다. 켈리온 남작은 달려가 세르빌의 시체를 지근지근 밟았다. 그래도 분이 풀리지 않는지 시체에 침을 뱉었다.

"정말 고맙네."

뮬란이 다가와 곤에게 손을 내밀었다. 곤은 그의 손을 맞잡았다.

"대단한 전투 능력이군."

"과찬입니다."

"혹시 기사가 될 생각은 없는가?"

"기사요?"

"그렇다네. 만약 자네가 기사가 되겠다면 내가 힘을 써주겠네."

뮬란은 곤이 탐났다.

이 정도의 능력을 가진 자가 미천한 용병으로 있는 것이 아까웠다. 뮬란은 세력이 없었다. 만약 곤이 자신의 오른팔이 되어준다면 천군만마를 얻은 것과 같을 것이다.

"죄송하지만 저는 해야 할 일이 있습니다."

"그럼 그 할 일이 끝나고 나를 찾아올 수가 있겠는가?"

"일이 끝나봐야 알 것 같습니다."

곤은 말을 흐렸다.

뮬란은 이대로 곤을 놓칠 수가 없었다. 어떡하든 끈을 만들어놓고 싶었다.

"자네는 우리 부자의 생명의 은인이네. 원하는 것이 있으면 말해보게. 내 선에서 할 수 있는 일이라면 무엇이든 들어주겠네."

"정말입니까?"

"정말이고말고."

"그럼 말이죠."

안드리안은 그 모든 상황을 지켜보고 있었다. 몸이 워낙 안 좋아 전투에는 뛰어들지 못했지만 어떻게 돌아가는 상황인지는 한눈에 파악했다.

샤먼의 능력을 이용해서 이런 짓을 벌이다니.

세르빌에 대해서 분통이 터졌지만 이미 죽어버렸으니 대신 복수를 해준 셈 치면 된다. 하지만 그의 배경이 어떻게 되는지 알지 못한 것은 아쉬웠다.

안드리안은 곤을 보았다. 워낙 무표정이라 무슨 생각을 하는지 알 수가 없었다.

"큭큭큭. 정말이지, 이건 뭐……."

실소가 터졌다. 곤은 세상에 대해서는 무지하지만 어리숙하

위험한 임무 193

지는 않았다.

　오히려 영악하다 할 수 있었다.

　"저거 대단한 사기꾼이네."

Chapter 7. 세상을 보다

대박이다.

안드리안은 몸이 좋지 않은 상태에서도 싱글벙글했다. 그녀의 웃음은 끊이지 않았다. 그런 안드리안의 모습을 보며 곤도 미소를 지었다.

켈리온 남작은 곤과 안드리안이 의뢰만 완수한다면 용병들이 받기로 한 모든 금액을 몰아서 준다고 하였다. 자그마치 1,200골드. 둘이 나눠도 600골드였다.

평민들은 꿈도 꿔보지 못할 어마어마한 돈이다.

용병 길드도 설립할 수 있는 금액. 푼돈을 만지기 위해서 시시콜콜한 의뢰를 받지 않아도 된다.

횡재도 이런 횡재가 없었다.

안드리안은 곤의 뺨을 잡고 입술에 입을 맞췄다. 곤이 당황했지만 안드리안은 멈추지 않았다. 무자비한 뽀뽀를 마친 그녀는 하늘을 보며 만세를 불렀다.

"이제 우리는 부자야!"

안드리안은 상처로 인해 제대로 거동을 할 수가 없었다. 그녀는 마차 위에 누워 안정을 취했다.

곤은 마차를 몰 줄 몰랐다. 말도 타지 못했다. 마차를 몰 수 있는 사람은 한 명뿐이었다.

어쩔 수 없이 고귀한 기사 뮬란이 마차를 몰아야 했다. 기사로서 자존심이 있지만 그는 다행히 군말 없이 마차를 몰았다.

곤은 틈틈이 약초를 캐와 그녀의 상처에 발라주었다. 며칠이 지나자 안드리안의 상처가 상당히 호전되었다. 제법 거동도 가능해졌다.

"걸어도 괜찮겠어요?"

곤과 안드리안은 나란히 걷고 있었다. 산길을 가기에 마차의 속도는 빠르지 않았다. 곤과 안드리안은 마차 속도에 맞춰 걸었다.

"용병 생활을 하다 보면 이 정도 상처는 비일비재해. 걱정 마, 걱정 마."

안드리안은 이 정도 상처는 처음이었다. 아직도 칼에 맞은 상처가 아파서 욱신거렸다.

그녀는 흉포의 용병단 단장으로서 억지로 웃었다.

"다행이네요. 며칠만 있으면 상처는 완전히 나을 거예요.

무리만 하지 마세요."

"고마워, 부단장. 덕분에 살았어. 그런데 의술은 어디서 배운 거야?"

"의술이라고 할 것까지는 없습니다. 신세를 진 오크들에게 배웠습니다. 그들은 약초에 대해서 잘 알고 있더군요."

"아, 맞다. 오크들과 살았다고 했지? 그런데 왜 오크들과 함께 지내게 된 거야?"

"······."

곤은 대답하지 못했다.

조선에 두고 온 혜인이 떠올랐다. 그녀를 생각하니 가슴 한구석이 먹먹해졌다.

곤의 얼굴이 어두워지자 안드리안은 질문이 잘못되었다는 것을 느꼈다. 눈치가 빠른 그녀는 얼른 질문을 바꿨다.

"부단장은 600골드가 생기면 뭐할 거야?"

"글쎄요. 아직 생각해 보지 않았습니다."

"난 말이지, 고향으로 돌아갈 거야."

"고향이 어딘데요?"

"저기."

안드리안은 하늘을 가리켰다. 폭우가 쏟아진 뒤로 하늘을 무척이나 맑았다. 높은 습도도 사라졌다.

상쾌했다.

그녀가 가리킨 하늘에는 구름 한 점 보이지 않았다. 있다면 뜨겁게 작열하고 있는 태양뿐.

"태양?"

"아니, 밤에 뜨는 거 있잖아."

"설마 부서진 달?"

안드리안은 고개를 끄덕였다.

곤의 정신이 잠시 붕괴됐다. 이계에 떨어진 것도 이해가 되지 않는데 달에서 사는 사람이라니. 아니, 다른 종족인가?

"다, 달에서 사람이 살 수 있습니까?"

"사람은 살 수 없지."

"안드리안은 사람이 아닙니까?"

"종족이 다르지. 볼렌덴 문에는 우리 종족밖에 살지 않아."

"무슨 종족인데요?"

"그건……."

"중야에 도착했소.

안드리안이 대답하려고 할 때다. 퓰란이 그들을 불렀다. 퓰란이 그들을 부른 이유는 소수의 용병과 마부를 구하기 위해서였다.

아무리 곤과 안드리안이 열 사람 이상의 전투력을 가졌다고 해도 손이 부족한 것이 사실이다. 켈리온 남작의 수발을 들 사람도 필요했다.

곤과 안드리안에게 그것을 부탁한 것이다.

"아, 알겠어요. 도시에 도착하면 용병과 마부를 구해오죠. 용병 다섯 명과 마부 두 명이면 되겠죠?"

안드리안이 대답했다.

"그렇소. 그렇게 해주면 고맙겠소."

거대한 성곽이 보였다. 그곳이 중야의 입구라고 할 수 있는 군사도시 소블린이었다.

성곽 앞에는 완전무장을 한 병사들이 검문검색을 하고 있었다. 검문을 받기 위한 상인들과 평민들이 길게 줄을 서 있다. 간혹 마차를 탄 귀족들이 보였는데 그들은 약식 검문만 하고는 바로 성곽 안으로 들여보내졌다.

켈리온 남작은 귀족으로 행세하지 않고 상인들과 같이 줄을 섰다.

줄은 꽤나 길어서 해가 질 때까지 기다려야 했다. 해가 지면 성문이 닫힌다. 나머지 사람들은 성곽 근처에서 노숙을 하고 날이 밝으면 다시 줄을 섰다.

"그런데 중야라는 곳은 도시입니까, 아니면 나라입니까?"

곤이 물었다.

"중야는 3공국 연합체의 하나야. 쿤타 제국과 아슬란 왕국 사이에 낀 소국이지. 그들은 살아남기 위해서 세 왕국이 연합을 했어. 서쪽의 시야, 남쪽의 남야, 중앙에 중야. 이렇게 세 왕국이지. 우리는 그중 중야라는 왕국에 들어선 거야."

"그렇군요."

"중야는 삼국 중에서 가장 가난해. 땅이 비옥하지 않으니 농사도 어렵지. 하지만 귀족들은 잘 먹고 잘살아. 덕분에 도적들이 끊이질 않아."

"그래서 저렇게 경비가 삼엄한 거군요."

"맞아. 도시에 유입되는 사람 중에 도적들이 꽤 있거든. 그들을 솎아내기 위한 거야. 이곳 도적들은 악명이 높거든."

곤은 고개를 끄덕였다.

다행히도 그들은 무사히 성안으로 들어올 수가 있었다. 병사들이 마차에 무엇이 들었느냐고 채근했지만 켈리온 남작이 얼마의 돈을 쥐어주자 그냥 통과를 외쳤다.

"우리는 로즈라는 여관에서 묵겠소. 용병들과 마부를 구하면 그쪽으로 오시오."

뮬란이 말했다.

"알겠습니다."

안드리안이 고개를 끄덕였다.

그녀와 곤은 용병 길드가 있는 곳을 찾았다. 군사도시답게 용병 길드가 곳곳에 위치해 있어 쉽게 찾을 수 있었다.

그들은 용병 길드가 있는 곳을 향해서 걸음을 옮겼다.

"으으으으, 제발, 제발 한 푼만 주세요. 삼 일 동안 한 끼도 먹지 못했어요."

"한 푼만 주세요. 젖이 나오지 않아 아이가 굶어 죽게 생겼습니다."

거지들이 상당히 많았다. 그리고 거지들의 대부분은 신체의 한 부분이 존재하지 않았다.

"이상한 광경이지?"

곤의 의문을 이해한다는 듯이 안드리안이 물었다.

"그러네요. 거지들이 너무 많아요."

"사실 저들은 거지가 아니었어."

"거지가 아니었다고요?"

"응, 저들은 소블린의 병사들이었어."

"병사들이 왜 저런 모습으로……."

"이곳이 군사도시라고 했지? 제국과 분쟁이 끊이지 않는 곳이지. 제국은 이곳을 손에 넣어 동대륙으로 가는 길목을 손에 넣고 싶어 해. 그러다 보니 계속해서 국지전이 벌어져. 저들은 제국과의 전쟁에서 다친 병사들이야."

"아니, 왕국을 위해 헌신한 병사들을 저렇게 내친단 말입니까?"

"어쩔 수 없어. 이곳에는 부상병들을 구제할 만한 돈이 없어. 저 여인들은 죽은 병사들의 아내야. 죽는 놈만 억울한 거지."

조선도 개판이지만 이곳도 만만치 않았다. 나라를 위해 싸운 자들을 거둘 수가 없다니.

대륙의 인간 세상은 무자비했다.

"이곳에 있어봐야 기분만 찜찜해. 어서 가자."

"네."

그들은 용병 길드에 도착했다. 소블린에서 세 번째로 큰 길드였다. 길드에 가입한 용병의 수도 상당하여 어렵지 않게 의뢰를 할 수 있을 것이라 여겼다.

"뭐라고요?"

안드리안은 눈앞에 앉아 있는 뚱뚱하고 턱이 이중으로 접히는 중년 여인에게 언성을 높였다.

중년 여인은 새끼손가락으로 귀를 파며 말했다.

"의뢰를 받을 용병이 없다고요. 미리 말하지만 다른 길드에 가도 마찬가지일 겁니다."

"아니, 그게 말이 되냐고요. 이 정도 규모의 길드에서 고용할 용병이 없다니요."

"낸들 어쩝니까. 지금 제국과의 국지전이 한창이라 용병이 턱없이 부족한 걸요."

"제국과 국지전이 벌어지고 있다고요?"

"그래요."

"겨우 국지전인데 용병들이 모조리 투입되었다니 참 이상하군요."

"제국군은 테일즈 백작 가문이 이끌고 있어요."

테일즈 백작 가문은 제국에서도 상당한 명문가에 속했다. 가문 구성원 하나하나가 상당히 강했고 특히 테일즈 백작은 소드 마스터에 이르렀다는 소문이 파다했다.

"설마 테일즈 백작이 직접 출격했어요?"

"그건 아니에요."

그건 다행이다. 하긴 제국에서 겨우 국지전 따위에 테일즈 백작과 같은 소중한 전력을 낭비할 필요는 없을 것이다.

"그럼 누가?"

"테일즈 백작의 장녀인 샤를론즈라고 하더군요."

샤를론즈라는 여인의 이름도 들어본 적이 있다. 어쩌면 테일즈 백작 가문보다 유명한 인물이 샤를론즈일지도 몰랐다.

일명 전장의 마녀.

잔혹, 잔인하기로 유명한 여마법사이다. 너무도 잔혹하게 상대를 학살하기에 혹자는 그녀를 두고 흑마법사가 아닐까 추측하기도 했다.

"그리고 그녀는 무시무시한 괴물을 거느리고 있어요."

"무시무시한 괴물이요?"

"소믈린의 폭스 기사단이 그 괴물에게 전멸당했다고 하더라구요."

안드리안은 고운 미간을 좁혔다. 폭스 기사단은 소믈린에서 보유한 최강의 무력 집단이다. 그들이 전멸당했다는 것은 이곳의 상황이 심상치 않게 돌아간다는 것을 뜻했다.

"알았어요. 그럼 마부는 구할 수 있나요?"

"음, 마부 정도야. 일단 알아볼게요. 지금은 어렵고 내일 다시 한 번 와요."

"고마워요."

안드리안은 품에서 약간의 돈을 꺼내 그녀의 손에 쥐어주었다. 중년 여인은 주변을 두리번거린 후 안드리안이 준 돈을 치맛자락 안쪽에 넣었다.

"가자."

안드리안은 곤을 데리고 나왔다.

두 여인의 얘기를 듣자 하니 이곳 상황이 무척 안 좋게 느껴졌다.

"이젠 어쩌죠?"

"일단 켈리온 남작에게 상황 설명을 해야겠어. 잘못하면 도시 자체가 위험하겠는걸."

그녀의 말대로 도시 곳곳에서 이상한 기운이 곤에게도 감지되었다. 그것은 목을 죄는 긴박감이었다.

* * *

저녁 식사를 마치고 위스키를 마시던 켈리온 남작의 얼굴이 똥을 씹은 것처럼 굳어졌다. 이제 마지막 단계만 남겨두고 있었다.

소블린을 통과한 후 제국에 밀입국하여 마차만 넘기면 된다. 그럼 상대는 상당한 양의 금괴를 넘겨줄 테고, 그것을 가지고 아슬란으로 복귀하면 되는 것이다.

한데 문제가 생기고 말았다.

"지금 뭐라고 했나?"

얼굴이 붉어진 켈리온 남작이 안드리안에게 물었다.

"어쩌면 소블린 놈들이 저희를 통과시키지 않을지도 모릅니다."

"왜?"

"한창 전쟁 중이니까요."

"이곳에서는 항상 있는 일 아닌가."

"다른 때와 다르게 조금 심각합니다."

"얼마나?"

"이곳까지 침공당할지 모릅니다."

"설마. 이곳은 난공불락의 요새야. 아무리 제국이라지만 단 한 번도 이곳까지 온 적이 없다고."

"상대는 전장의 마녀 샤를론즈라고 합니다."

"샤, 샤를론즈? 음, 아무리 전장의 마녀라고 하더라도……."

"안드리안의 말이 맞는 듯싶습니다."

뮬란이 끼어들었다. 그 역시 도시에 들어선 순간부터 기이한 기운을 느끼고 있었다. 처음에는 그것이 무엇인지 몰랐지만 이제는 알 것 같았다.

그것은 사람들의 공포였다.

"그럼 어떡하지?"

"내일 마부를 구하는 즉시 성 밖으로 나가야 합니다. 언제 폐쇄될지 모르니까요."

"그래, 그렇게 하도록 하지."

켈리온 남작은 고개를 끄덕였다.

*   *   *

곤은 좁은 여관방 침대에 가부좌를 틀고 앉았다. 안드리안은 여성이기에 같은 방을 쓰지 않았다. 그녀는 옆방이다. 그녀의 목욕하는 소리가 들릴 만큼 방음이 되지 않았다.

곤은 내공을 운영했다. 독 내기와 무상심법이 합쳐지며 단전의 크기가 넓어지고 내공도 월등히 많아졌다.

그럼에도 재앙술을 2단계까지밖에 실현하지 못했다. 2단계 술법인 '죽은 자들의 속삭임'을 사용하고는 거의 모든 내공이 바닥났다.

3단계 술법을 사용하는 것은 언감생심이다.

만약 대량의 적이 있는 상태였다면 2단계의 재앙술을 한 번 사용하고 위험에 처했을 것이다. 최소한 2회 이상 사용할 수 있도록 내공을 늘려야 했다.

단전의 크기는 충분했다. 그것을 채우기 위해서는 끊임없이 내공을 단련하여 양을 늘려야 했다. 질도 떨어지지 않게 신경 쓰면서.

그는 시간이 날 때마다 내기를 순환시켰다.

*   *   *

마부를 구했다. 마부는 2골드라는 비싼 돈을 요구했다. 평상시의 두 배에 달하는 상당한 돈이다. 하지만 상황이 상황인지라 켈리온 남작은 수용할 수밖에 없었다.

"그럼 출발하지."

켈리온 남작과 뮬란이 말을 타고 나란히 앞장섰다. 마부가 마차를 몰았고, 곤과 안드리안은 마차 위에 앉아 있다. 그들은 곧바로 성문으로 향했다.

제국으로 향하는 성문에는 길게 상인들의 긴 행렬이 늘어서 있었다. 그들은 병사들과 실랑이를 벌이고 있었다. 상인들은 언성을 높였고 화가 난 병사들은 창대로 그들을 구타했다.

"도대체 무슨 일이죠?"

곤은 고개를 갸웃거렸다.

"그러게. 당신이 가서 물어보고 와. 이젠 당신도 이곳 사람들과 섞여야지. 일일이 내가 다 할 수는 없는 노릇이니."

맞는 말이다. 그동안 사소한 일은 단장인 안드리안이 처리했다. 그녀가 없었으면 제국으로 가는 길은 무척이나 험난하고 힘들었을 것이다.

이제는 홀로 설 때가 되었다.

곤은 병사들에게 다가갔다. 십여 명의 병사들이 밀려드는 상인들과 언쟁을 벌이고 있다.

"진짜 돌아버리겠네. 안 된다고. 오늘부터 성문은 폐쇄됐어. 아무도 나가지 못한다고."

"제발 보내주시오. 이번 주까지 물건을 가지고 가지 않으면 난 파산이란 말이오."

그들에게서 들려오는 말.

제법 심각해 보였다. 곤은 뒤편에 빠져 있는 병사에게 다가갔다.

"무슨 일인지 알 수 있겠습니까?"

수염이 가득한 장한이 눈살을 찌푸렸다. 그는 곤에게 어서 가라며 손짓했다. 대답도 하기 귀찮은 모양이었다.

곤은 병사에게 슬쩍 다가가 그의 손에 약간의 돈을 쥐어주었다. 병사는 자신의 손에 들린 돈을 보고는 주머니에 집어넣었다.

"무엇을 알고 싶소?"

"지금 왜들 이러는 겁니까?"

"이곳에서 멀지 않은 곳에서 전투가 벌어졌소."

"전투요?"

"그렇소. 제국으로 가는 길목 한복판에서 전투가 벌어져 나갈 수가 없소."

곤은 주위를 살폈다. 그러고 보니 성문을 지키는 병사들만 있는 것이 아니었다. 성벽 위로 상당한 숫자의 병사들이 무기를 나르고 있었다.

어제보다 더욱 분위기가 삼엄해졌다. 상황이 이러한데도 상인들은 어떡하든 성문을 빠져나가려고 애를 썼다. 상인들은 물건만 팔 수 있다면 적도 아군도 가리지 않았다. 지옥까지 가서 염라대왕에게 물건을 팔 수 있는 자들이 상인이다.

이곳의 상인들도 크게 다르지 않았다.

"그렇게 위험합니까?"

"그런 것 같소. 평상시와는 조금 달라요. 제국 놈들이 이번에는 작정을 한 듯싶소."

제국과 중야 공화국의 국지전은 끊임없이 이어져 왔다. 제국은 동대륙으로 가는 길을 얻고 싶어 했고, 중야는 군사도시이자 산업도시인 소믈린을 잃을 수가 없었다.

동대륙과 서대륙을 잇는 실크로드가 바로 소믈린에서부터

시작하기 때문이었다. 중야 공화국이 이곳을 잃는다면 경제의 막대한 타격을 입게 된다.

물론 다른 연합국인 시야와 남야도 중야가 넘어가지 않도록 지원군을 보냈다. 시야와 남야 입장에서 중야는 잇몸이자 완충지였다.

중야가 무너지면 제국의 검과 창이 직접적으로 시야와 남야를 노리게 된다. 시야와 남야의 국력으로는 제국을 감당할 수가 없었다.

"그럼 언제쯤 통행금지가 풀릴까요?"

"예상할 수 없소이다."

병사는 고개를 흔들었다.

알았다고 대답한 곤은 자리로 돌아와 병사에게 들은 얘기를 모두에게 해주었다. 얘기를 들을수록 켈리온 남작의 얼굴 근육이 딱딱하게 굳어갔다.

"시간을 조금 연장하면 어떻습니까?"

안드리안이 조심스럽게 제안했다.

도시 전체가 통제가 된 상태에서 성 밖으로 나가기란 쉽지 않았다. 용병들과 정규병의 숫자가 점점 불어났다. 평민들의 무작위 차출도 자행되고 있었다.

성인이 되지 않은 15세 소년들에게도 검을 쥐어주었다.

"절대 안 돼. 세르빌 이 개자식 때문에 일주일 이상 늦어졌다. 더 이상 늦어진다면 우리의 목숨도 장담하지 못해."

"흠."

모두가 잠시 침묵에 빠졌다.

"매수를 하죠."

잠시 후 곤이 입을 열었다.

"밤이면 경계가 더욱 심해질 거야. 모두가 보는 앞에서 병사를 매수할 수는 없어. 잘못하면 즉결 참형이 되고 말걸."

안드리안은 반대했다.

"병사들 말고요."

"병사들 말고?"

"네. 성문을 지키는 자들 중에서 가장 높은 사람을 끌어들이면 될 것 같은데요."

모두의 눈이 반짝거렸다. 성문을 지키는 지휘관이라면 기사급이다. 어쩌면 귀족일지도 모르고. 그를 매수한다면 성문을 통과하기란 어렵지 않으리라.

"그 정도 위치에 있는 사람이라면 돈으로 넘어오지 않을 텐데."

"모르죠, 뭐. 더 돈을 좋아할 수도 있고. 한 가지 방법으로 안 되면 다른 방법을 써도 되고요."

"어떤 방법?"

"그가 가장 바라는 것을 들어주면 되죠."

"그걸 어떻게 알아?"

곤은 안드리안에게 눈을 찡긋거렸다. 그러자 그녀의 머릿속에 펑펑이 떠올랐다. 평범한 사람에게는 보이지 않는 정령. 설사 마나를 다루는 자라고 하더라도 정령은 눈치채기 어려웠다.

정령을 보기 위해서는 그들에 대한 믿음이 필요했다. 믿지 않으면 보이지 않았다.

그녀라면 충분히 성내로 잠입하며 지휘관의 약점을 잡아낼 수가 있었다.

"무슨 방법이 있나?"

곤과 안드리안에게서 보이지 않는 신호가 오고간 것을 눈치 챈 뮬란이 물었다.

"아마도요. 일단 오늘은 물러나죠. 저희가 한번 이곳에서 나갈 방법을 알아보도록 하겠습니다."

안드리안의 말에 켈리온 남작과 뮬란은 고개를 끄덕였다. 정체를 밝히지 말아야 하는 그들로서는 방법이 없었다. 믿을 구석은 안드리안과 곤뿐이었다.

*　　　*　　　*

밤이 왔다.

밤하늘에는 보름달이 떠 있었다. 부서진 달이 금방이라도 추락할 것 같이 가까웠다.

오늘 밤, 혹은 새벽에 성을 떠나야 할지 모르기에 켈리온 남작은 술을 자제했다. 모두가 각자의 방에서 펑펑이 오기를 기다렸다.

펑펑이 오기 전까지 곤은 내공을 순환시켰다. 내공이 늘어나면 날수록 힘이 솟구치는 것이 느껴졌다. 물론 내공만 쌓아서는 안 된다. 내공을 뒷받침하기 위해서는 강인한 육체가 필수적으로 따라붙는다.

육체가 강하지 않으면 아무리 내공이 많다고 하더라도 소용이 없었다. 내공이 강하다는 것은 엔진이 크다는 것이다. 전차 엔진을 달구지에 달 수는 없는 노릇이니까.

"주인, 나 왔어."

자정이 넘어서야 펑펑이 돌아왔다.

"그래, 일은?"

"내가 누군데."

펑펑이 싱긋 웃으며 작은 두 손가락으로 동그라미를 만들었다.

"얘기해 봐."

"성문을 지키는 지휘관은 아콘이라는 기사야. 병사들 사이에서도 꽤 신망이 높아. 상부에서도 신임이 두터운가 봐."

"음."

이런 자는 청렴결백하다. 불의와 타협하지 않고 명령에 복종한다. 매수하기가 매우 어려운 자 중 하나이다.

"그런데 말이야, 그런 자가 무척이나 고민에 빠져 있더라고."

"어떤?"

"딸이 아프거든."

"얼마나 아픈데?"

"아주 무척."

곤의 눈빛에서 밝아졌다.

"자세히."

"딸이 불치병이야. 아콘은 딸을 살리기 위해서는 무슨 일이든 하나 봐. 딸의 약값이 한 달에 자그마치 20골드가 넘어. 딸을 살리기 위해서는 고위 성직자의 성력을 받아야 한다나 봐. 그런데 그 돈도 어마어마해."

어떤 부모도 자식 앞에서 이성을 유지할 수는 없다. 더군다나 사랑하는 자식이 아프다면 부모는 자신의 모든 것을 내버릴 수도 있었다.

자식을 위해서라면 자신이 타락하는 것쯤은 아무 일도 아니었다.

일이 쉽게 됐다.

그에게 상당한 금액을 쥐어준다면 성문을 빠져나가는 것은 어렵지 않으리라.

"수고했어, 펑펑."

"별말씀을."

곤은 펑펑에게 들은 사실을 켈리온 남작과 안드리안에게 말해주었다. 상당한 지출이 예상되지만 켈리온 남작으로서는 어쩔 수 없는 노릇이었다.

일단 아콘에게 찔러줄 금액을 최저 50골드로 정했다. 그가 거절할 것을 예상해 50골드를 더 준비했다. 평민으로서는 만져보지도 못할 엄청난 금액이다.

안드리안이 아콘을 만났다. 그녀 정도의 매력적인 여성이라면 아콘도 경계심을 풀 것이라 여겼다. 예상은 적중했다.

아콘은 난처해했다. 아무리 돈이 급하다고 해도 전쟁 중에 성문을 연다는 것은 즉결 처형을 당할 만큼의 중죄였다. 더군다나 사사로운 개인적은 용무로 인해서.

하나 안드리안이 50골드를 내밀자 아콘은 흔들렸다. 그는 고민했다.

안드리안은 그에게 결정타를 날렸다. 50골드를 더 내민 것이다.

100골드면 고위 성직자에게 치료를 받을 수 있는 정도의 금액이다. 집을 팔아도 모을 수 없는 거금이다. 아콘은 안드리안의 제의를 뿌리칠 수 없었다.

*　　　*　　　*

새벽이 다가오고 있다. 밝은 달이 떠 있지만 성안의 뒤숭숭한 분위기로 인해서인지 행인들은 한 명도 보이지 않았다.

마차는 준비됐다. 마부도 준비됐다. 이제는 성문을 빠져나가기만 하면 되었다.

끼익—

창고에서 마차를 끄집어낸 후 말과 연결시켰다. 마차가 천천히 움직였다. 켈리온 남작과 뮬란이 앞장섰다. 곤과 안드리안이 그 뒤를 따랐다.

도시 전체가 적막에 휩싸여 있다 보니 그들의 발자국 소리

가 너무나 크게 들렸다. 이러다 성문 앞까지 가기 전에 불심검
문에 걸리지 않을까 걱정되었다.

덜그덕덜그덕.

저벅저벅.

그들은 조심스럽게 성문을 향해서 나아갔다.

그때였다.

대앵— 대앵— 대앵— 대앵— 대앵—

커다란 종소리가 다섯 번 연속으로 울렸다. 성문 주변으로
횃불이 오르고 꽤 멀리 떨어져 있음에도 소란스러운 소리가
들려왔다.

"이게 무슨 소린가?"

켈리온 남작이 마부에게 물었다.

"저, 적이 쳐들어왔습니다."

"적이?"

"그래요. 미안합니다. 저… 이 일 못 하겠소."

마부는 마차에서 내려 뮬란에게 돈을 돌려준 후 서둘러 자
리를 떴다.

"이봐! 이봐! 이렇게 그냥 가면 어쩌란 말이야!"

켈리온 남작의 노여운 음성으로 소리쳤지만 이미 마부는 골
목길로 사라졌다.

"어쩌지?"

켈리온 남작은 당황했다. 조금 전까지만 하더라도 성문을
무사히 나갈 수 있을 것이라 여겼다. 한데 갑작스럽게 변한 상

황은 그로서도 대처하기가 쉽지 않았다.

"일단 도시 후방으로 물러나시죠. 제국군의 습격이라면 이곳은 위험합니다. 그리고 곤."

"네."

"당신이 상황을 살펴봐. 큰 문제가 없으면 우리는 계획대로 성문을 빠져나가면 돼."

"큰 문제가 있으면?"

"일단 여관으로 와. 많은 사람들이 이곳을 탈출하려고 할 거야. 사람들이 모이기 전에 이곳을 빠져나가야 해."

곤은 고개를 끄덕였다. 그는 곧바로 전투가 벌어질 것으로 보이는 성문을 향해서 뛰어갔다.

"적은 소수다! 막아라! 성문이 열리면 끝장이다!"

"놈들이 성벽을 타고 올라온다! 막아라!"

이미 전투가 벌어졌다.

병장기 부딪치는 소리가 사방에서 들려왔다. 검은 무복을 입은 제국군이 성벽을 넘었다.

성벽을 넘어온 그들은 소블린의 병사들을 무참하게 살해했다. 병사들이 달려들어 제국군에게 창을 찔렀지만 어렵지 않게 막아냈다.

순식간에 수십 명이 넘는 병사들이 성벽 밑으로 떨어졌다.

놈들은 숙련된 병사들이었다. 이곳에 모인 병사들의 능력으로는 잡기가 쉽지 않았다. 더군다나 기사단까지 전멸한 상태가 아닌가.

지휘관도 숫자가 적었다.

새로운 기사단이 합류하지 않는다면 이 도시는 상당히 위험했다.

소블린은 교통과 상권, 군사의 요충지이기에 상당수의 병사들이 거주하고 있다. 용병도 그에 못지않게 많았다. 하지만 지휘관이 부족한 그들은 오합지졸과 다를 바 없었다.

아무리 많이 봐도 100명 정도밖에 되지 않는 제국군에게 이리저리 휘둘렸다. 저들을 잡기 위해 투입된 병사는 수백 명이 넘었지만 희생자도 상당했다.

제국군 병사 한 명이 성문 앞으로 다가갔다. 세 명의 병사가 그를 막았지만 목이 달아났다. 한 명에게 열 명 가까이 되는 병사들이 목숨을 잃었다.

"막아! 무조건 막으란 말이야!"

성벽에 있던 아콘이 미친 듯이 외쳤다. 병사들이 그를 막으려고 했지만 이미 늦었다.

제국군이 성문 앞에 섰다. 그는 주위를 돌아보며 빙그레 웃었다. 감정이 사라진 웃음이다.

그 순간,

퍼퍼퍼퍼펑!

제국군의 육체가 폭발했다. 화염이 성벽 최상단까지 치솟았다.

성문이 종잇장처럼 찢어지며 사방으로 흩어졌다.

성문이 열렸다.

"제기랄! 제12백인대! 12백인대는 서둘러 성벽 밑으로 가라! 성벽 밑에서 적의 습격에 대비해!"

명령을 받은 12백인대가 성문 앞으로 몰려들었다. 그들은 방패와 창을 꺼내 들고 곧 닥칠 제국군에 대비했다.

고오오오오오오!

성안의 공기가 성문 밖으로 빨려나가는 느낌이다. 상상을 초월하는 살기가 이곳을 향해서 일직선으로 쏟아졌다. 살기를 쏟아내는 존재가 엄청난 속도로 다가오고 있었다.

꿀꺽.

곤은 자신도 모르게 마른침을 삼켰다. 오거보다도 훨씬 강한 살기. 곤으로서도 처음 느껴보는 강대한 기운이었다.

"온다! 준비해!"

거구의 백인장이 소리쳤다. 병사들의 창이 일제히 앞으로 향했다. 그들도 뭔가 심상치 않은 것이 다가오고 있는 것을 느낀 것이다.

고오오오!

사방에서 검 부딪치는 소리가 난무하지만 부서진 성문 앞만은 조용했다.

콰지지직!

나머지 성문이 박살이 났다.

"왔다! 찔러!"

병사들이 그것을 향해 창을 찔렀다.

와지지직!

창이 모조리 부러졌다. 성난 그것은 창을 찌른 병사들을 마구 도륙했다. 한 번 팔을 휘두를 때마다 서너 명의 병사들 목숨이 사라졌다.

선두 진형이 무너졌다. 곧이어 2선이 투입됐지만 그들도 마찬가지였다. 먼저 앞으로 나선 자들은 비명도 지르지 못하고 정수리부터 사타구니까지 반으로 갈렸다.

"죽여! 죽이라고!"

백인장이 악에 받쳐 소리쳤다.

하지만 이미 무너진 진형을 다시 일으킬 수는 없었다. 겁을 먹은 몇몇 병사들은 주춤주춤 뒤로 물러났다.

"이런 개새끼!"

백인장이 검을 빼내 들고 그것을 향해 덤벼들었다. 그는 있는 힘껏 검을 내려쳤다. 깡 소리와 함께 그의 검이 부러졌다. 백인장은 믿기 어렵다는 듯 부러진 검날을 바라봤다.

그리고 그의 목이 날카로운 손톱에 잘렸다.

그것이 모습을 드러낸 지 얼마 되지 않아 백인대가 와해됐다. 그것의 뒤로 수백 명의 제국군이 물밀 듯이 밀려들었다. 소믈린의 병사들과 용병들은 뒤로 밀려날 수밖에 없었다.

곤은 눈을 의심했다.

아름다운 은빛의 머릿결,

여성보다 아름다운 얼굴,

탄탄하게 균형 잡힌 근육.

아무리 눈을 씻고 봐도 씽이었다.

이런 곳에서 씽을 만날 것이라고는 상상도 하지 못했다.

"씽!"

곤은 씽을 불렀다.

씽이 고개를 돌려 곤을 바라봤다. 그의 눈빛은 얼음처럼 차가웠다. 곤을 보고도 아무런 동요를 일으키지 않았다.

"씽!"

곤이 다시 씽을 불렀다. 그럼에도 씽은 고개를 돌려 도시 안으로 뛰어갔다.

"씨이이잉!"

아무리 불러도 씽은 돌아보지 않았다. 곤을 씽을 뒤쫓기 위해 움직였다.

"어디 가, 이 새끼야! 지금 뒤로 물러나면 즉결 처형시키겠다!"

기사로 보이는 한 사내가 그의 팔을 낚아챈 후 앞으로 끌고 갔다. 활을 메고 있으니 용병으로 착각한 모양이다.

"이것 놓으시오. 난 용병이 아니오."

"까고 있네. 앞으로 가서 당장 제국군과 맞서 싸워. 그렇지 않으면 목을 베겠다."

기사는 검을 들어 곤의 목에 가져다 댔다. 시퍼런 날이 목에 닿았다.

'빌어먹을, 빌어먹을.'

곤은 사라져 가고 있는 씽의 뒷모습을 보았다. 한 기사가 병사들을 이끌고 그의 뒤를 쫓아가고 있는 것이 보였다.

　얼마 만에 본 썽인데…….

　얼마나 보고 싶던 동생 같은 놈인데…….

　생사를 알고 싶어 얼마나 마음 졸였던가. 이렇게 만난 썽을
놓칠 수 없었다.

　"놔!"

　"이 새끼가 진짜!"

　기사가 곤의 목을 향해서 검을 휘둘렀다.

Chapter 8. 삼안족

켈리온 남작은 손톱을 깨물었다. 불안할 때 나오는 버릇이
다.

그는 여관 창고 안에서 안절부절못하고 돌아다녔다. 마차로
인해서 다른 곳은 가지도 못했다. 평범하게 보이는 마차지만
이것을 잃는 순간 그의 목숨뿐만 아니라 가문도 몰락한다.

"곤은 왜 안 오지?"

"곧 올 겁니다."

"곧 언제? 벌써 한 시간도 넘게 지난 거 같은데."

"그 정도까지는 아닙니다. 마음을 가라앉히시고 앉아 계세
요."

안드리안은 그를 다독였다.

"내가 지금 안심하게 됐나. 젠장, 왜 하필 지금이야. 평상시처럼 국지전이나 할 것이지. 시간 안에 이것을 건네지 않으면 난 끝장이야."

켈리온 남작을 털썩 주저앉아 머리카락을 쥐어뜯었다. 보다 못한 퓰란이 그의 옆에 앉아서 아버지를 안심시켰다.

사실 안드리안도 걱정되기는 마찬가지였다.

여관과 성벽은 꽤나 멀리 떨어져 있다. 그럼에도 병장기 부딪치는 소리와 비명이 그들이 있는 곳까지 들려왔다. 이곳은 최후의 보루였다. 여기까지 밀렸다는 소리는 전방 부대가 전멸했다는 말과도 같았다.

꽤 위험한 상황이었다.

그렇기에 상황을 알아보게끔 성벽으로 보낸 곤이 걱정되었다.

"무슨 일이 있는 것은 아니겠지?"

덜컥.

그때 인기척이 창고 밖에서 들렸다.

"곤이야?"

대답이 없다.

콰지지지직!

창고 문이 통째로 찢겨 나갔다. 달빛에 비친 그는 곤이 아니었다.

아름다운 남자가 은발을 휘날리며 서 있었다.

"누구?"

외모와 다르게 전신에서 끔찍한 살기가 풀풀 풍겼다. 그가 좋은 일로 온 것은 아님을 짐작할 수 있었다. 안드리안은 대검의 손잡이를 잡았다.

"크아아아아!"

사내의 입에서 인간의 것이라고 할 수 없는 광포한 포효가 터졌다.

"크흐흑."

뮬란이 재빨리 켈리온 남작의 앞을 가로막았다. 하지만 충격파까지 막을 수는 없었다. 켈리온 남작의 고막이 터졌는지 귀에서 피가 흘러나왔다.

"아버님, 뒤로 물러나세요."

뮬란은 켈리온 남작을 피신시키고 앞으로 나섰다. 안드리안 역시 대검을 양손으로 쥐었다. 눈앞에 서 있는 사내는 보통이 아니었다. 둘 모두 은발의 사내가 강자임을 한눈에 알아봤다.

카아악!

사내가 움직였다. 엄청난 속도다. 그는 정면으로 달려들지 않고 벽과 천장을 밟고 이동했다. 가공할 속도이기에 행할 수 있는 묘기였다.

육식동물이 먹이를 사냥할 때를 연상시키게 했다.

사내가 주먹을 휘둘렀다. 뮬란과 안드리안은 동시에 그의 주먹을 향해서 검을 휘둘렀다.

챙!

있을 수 없는 소리가 들렸다.

"크흑!"

"컥!"

동시에 뮬란과 안드리안이 튕겨져 나갔다. 뮬란의 검이 반으로 부러졌다.

"이럴 수가!"

그들의 얼굴 근육이 딱딱하게 굳었다. 주먹으로 검을 부러뜨려? 더군다나 마나를 사용할 수 있는 자들을 상대로? 말이 되지 않았다.

그러나 곧 그 이유를 알 수 있었다.

사내의 양 손가락에서 날카로운 손톱이 검의 길이만큼이나 길게 뻗어 나왔다.

끼리리릭―

사내가 손톱을 긋자 벽이 와르르 무너져 내렸다. 무너진 벽이 뮬란과 안드리안을 덮쳤다. 대들보와 같은 두꺼운 나무에 안드리안이 깔렸다. 그녀를 도와주기 위해 뮬란이 다가왔지만 사내가 앞을 가로막았다.

사내가 손톱을 휘둘렀다. 검이 없는 뮬란의 한쪽 팔이 잘려나갔다.

"으아아악!"

뮬란의 팔에서 엄청난 피가 솟구쳤다. 그의 피가 사내의 은빛 머리카락을 적셨다. 피가 사내의 이마를 타고 흘러내렸다. 사내는 혀를 내밀어 떨어지는 피를 핥았다.

"크흑! 넌 도대체 누구냐?"

뮬란이 신음을 흘리며 물었다. 도대체 이자가 누구이기에 자신들을 노리는지 알 수가 없었다.

"크르르르."

사내는 대답하지 않았다. 대답 대신 손톱을 머리 위로 들어 올렸다.

"여기 있다!'

창고 안으로 한 명의 기사와 다섯 명의 병사가 들이닥쳤다. 사내를 쫓고 있었는지 그들은 거친 숨을 몰아쉬었다.

"제국군 새끼! 죽여 버려!'

기사가 외쳤다. 동료들을 잃은 분노에 병사들은 지체하지 않고 사내를 향해서 검을 휘둘렀다.

사내도 그들을 향해서 나아갔다. 그들은 서로를 스쳐 지나 갔다.

병사들은 검을 머리 위로 들어 올리고 있었다. 사내는 그들의 뒤편에서 손톱에 묻은 피를 털어냈다.

"쿨럭."

가장 선두에 서 있던 병사가 피를 토해내며 이윽고 육체가 여섯 조각으로 나뉘어 바닥에 떨어졌다. 다른 병사들도 연쇄적으로 육체가 분쇄되었다.

바닥에 그들의 조각난 시체가 참혹하게 널렸다.

"이, 이, 이 개새끼야!'

기사의 검에서 푸른색 아지랑이가 피어올랐다. 검이 살아 있는 듯 웅웅 소리를 냈다.

그가 사내를 향해서 검을 좌에서 우로 휘둘렀다. 검기가 앞으로 뻗어 나가며 벽면을 후려쳤다. 검이 닿지 않았음에도 벽면이 뻥 뚫렸다.

사내는 이미 그 자리에 없었다.

기사는 빠르게 움직이며 사내를 따라붙었다.

"잡았다, 개새끼."

기사의 검이 사내의 목줄기를 향해서 곧게 뻗어 나가며 검기가 발출됐다.

푸식!

사내가 당했을 것이라 여겼다. 도저히 피할 수 없는 거리였다.

한데 기사의 등을 뚫고 손톱이 튀어나왔다. 손톱이 좌우로 갈라졌다.

푸확!

기사가 반으로 쪼개지며 내장이 후두둑 소리를 내며 바닥으로 흩어졌다.

두 발로 서 있는 자는 피를 뒤집어쓴 은발의 사내뿐이었다.

이자는 악귀였다.

"으으으으!"

뮬란의 이빨이 딱딱 부딪쳤다. 검술을 익힌 지 어언 20년. 자신보다 강자는 수없이 많이 보았지만 의지가 꺾인 적은 단 한 번도 없었다.

하지만 지금은 절망적이다 못해 허탈하기까지 했다.

상대는 인간이 아닌 괴물이었다.

"으으윽."

안드리안은 무너진 벽을 밀어내고 간신히 빠져나왔다. 상처가 도졌는지 상처 부위가 시뻘겋게 물들어 있다.

"헉헉헉! 제가 상대하겠습니다."

그녀가 뮬란 앞에 섰다. 팔이 잘린 뮬란이지만 그는 고개를 가로저었다.

"같이 하겠소."

마나를 움직여 팔을 지혈한 뮬란이 바닥에 떨어져 있는 검을 집었다. 그는 여기서 상대와 같이 죽을 셈이었다. 아버지만, 아버지만 살아 있으면 어떡하든 가문은 살아남을 수 있을 것이다.

"아니요, 제가 할게요."

"고집부리지 마시오. 혼자 죽게 둘 수는 없소."

"죽지 않아요."

"그게 무슨……."

"전 죽지 않아요."

안드리안의 몸에서 마나가 증폭하기 시작했다. 본래 상당한 수준의 A급 용병이었지만 지금과는 비교도 할 수가 없었다.

그녀의 육체에서 상처가 사라졌다. 거칠던 숨소리도 평온을 되찾았다.

그리고 그녀의 이마에서 또 하나의 눈이 생겨났다.

"이, 이건……."

잘린 팔의 고통도 잊은 듯 안드리안을 멍하니 바라보는 뮬란이다. 그가 알기에 세 개의 눈을 가진 종족은 딱 둘밖에 없었다.

모두 전설상에 나오는 종족이다.

하나는 신들과 전쟁을 벌였다는 거대 종족 타이탄,

그리고 다른 하나는 달의 세계를 지배한다는 삼안족. 특히 삼안족은 불노불사의 비밀을 알고 있는 종족으로 유명했다.

"다, 당신이?"

"살고 싶으면 뒤로 물러나세요."

안드리안의 말에 뮬란은 급히 뒤로 물러났다. 그는 안드리안과 은발 사내에게서 멀찌감치 떨어졌다. 자신이 낄 자리가 아니었다.

은발의 사내도 뭔가 심상치 않음을 느낀 모양이다. 그는 잠시 동물의 신음 소리를 흘리며 안드리안을 바라봤다.

"쿠오오오오!"

사내의 포효가 터졌다. 그의 육체에서 감돌던 살기는 투기가 되어 용솟음쳤다. 투명한 투기가 눈에 보일 정도로 분출되었다.

안드리안의 마나도 마찬가지였다. 그녀의 마나는 점차 형상화되며 육신을 휘감았다. 투명하지만 그것이 무엇인지 확실하게 보였다.

마나를 이용한 갑옷.

아니, 순수한 마나를 가진 자만이 만들어낼 수 있다는 마력이었다.

남은 마력은 안드리안의 대검으로 흘러들었다. 투명한 오러가 넘실넘실 뿜어져 나왔다. 어설픈 오러가 아니었다. 확실하게 모습을 갖춘 오러가 한 자 이상 뻗었다.

안드리안과 사내가 맞붙었다. 대검과 손톱이 부딪치자 가공할 충격파가 사방으로 뻗어 나갔다.

와지지직!

창고의 대들보가 흔들리며 벽을 모조리 깨부쉈다. 충격파는 쉴 새 없이 몰아쳤다.

견디지 못한 뮬란은 켈리온 남작을 데리고 밖으로 나왔다. 어느 정도 안전거리를 확보한 뮬란은 사투를 벌이고 있는 안드리안과 은발의 사내를 보았다.

"괴물들……."

*　　　*　　　*

곤은 어쩔 수 없이 용병 무리와 함께 뒤섞여야 했다. 워낙 상황이 다급하여 몸을 빼기도 난감했다. 전차와 같은 무력을 가진 기사들은 지휘관이 모자라 뒤로 빠진 채 병사들을 지휘했다.

경황이 없어서 살피지 못했지만 성벽을 넘어온 제국군의 별동대는 숫자가 많지 않았다. 아무리 많이 봐줘도 백여 명 안팎으로 보였다.

기사급은 아니지만 개개인이 상당히 강해 소블린의 피해는 컸다. 그러나 그들의 숫자가 조금씩 줄어들자 이쪽의 피해도 빠르게 수습되었다.

곤은 제국군을 향해서 연신 화살을 날렸다. 그가 잡은 제국 군의 숫자도 다섯 명 언저리다.

"놈들이 뒤로 빠진다! 생포해라!"

제국군의 숫자가 반 이상 줄었다. 그들은 조금씩 뒤로 물러 났다. 성문도 복구했다.

왜 제국군이 애써 성문을 부수고 성벽 근처에서만 전투를 벌이는지 아는 이는 아무도 없었다. 그저 그들을 막기에만 급 급했다.

의심이 가는 구석은 하나이다.

이곳에서 빠져나간 자는 씽 하나뿐이다. 그에게 어떤 모종 의 임무가 내려졌으리라.

그를 만나야 했다.

남은 제국군을 잡기 위해 용병들이 앞으로 나아갔다. 곤은 뒤로 빠졌다. 이제 그를 신경 쓰는 사람은 없었다. 아무도 그 를 잡지 않자 망설임 없이 등을 돌리고 달렸다.

곤은 마차가 있는 창고로 돌아왔다. 그가 돌아왔을 때 본 것 은 안드리안과 씽이 벌이고 있는 가공할 사투였다. 꽤 강해졌 다 자부하던 곤이지만 뛰는 사람 위에 나는 사람이 있다는 것 을 깨달았다.

씽이 본래 강한 줄은 알고 있었다. 얼마나 강한지 알지 못했을 뿐.

의외의 인물은 안드리안이었다. 그녀는 자신의 입으로 A급 용병이라고 했다. A급 용병은 매우 수가 적다. 용병단 단장, 혹은 부단장을 맡을 만큼 무력도 높은 편이었다.

곤은 안드리안과 붙어보고는 무의식중에 A급 용병의 전투력을 가늠했다.

그들의 파괴력은 자신을 상회했다. 하나 전체적인 밸런스가 맞지 않아 그가 충분히 상대할 수 있다고 여겼다.

그런데 안드리안은 본인의 실력을 제대로 보여주지 않았다. 지금 보여주는 것이 그녀의 본모습.

현재의 곤으로서는 절대로 이기지 못했다. 설사 재앙술을 쓴다 하더라도.

"쿠오오오!"

"으아아아앗!"

안드리안과 씽의 대결은 막바지에 이르고 있었다. 안드리안은 가공할 방어력과 기이한 기술을 사용했고, 씽은 무쇠까지도 절단하는 막강한 공격력과 눈에 보이지도 않는 속도로 자유자재로 움직였다.

둘은 서로에게 치명상을 입힐 수가 없었다. 그것을 깨달은 그들은 내력 대결에 들어갔다. 안드리안의 마력이 솟구쳤고 씽 역시 마력을 분출했다.

씽의 육체 능력은 알고 있었다. 하지만 그가 마력을 사용할 수 있다는 것은 처음 알았다.

의아한 점은 또 있었다.

안드리안의 마력이 냇물처럼 속이 다 들여다보일 만큼 맑다면 씽의 마력은 기름을 부은 것처럼 혼탁했다. 맑은 기운과 혼탁한 기운이 뒤섞였다.

마력이 부딪치며 강대한 열기가 사방으로 뻗어 나갔다.

쿠르르릉!

그들의 마력을 이기지 못하고 창고가 완전히 무너졌다. 천장이 떨어졌지만 안드리안과 씽의 마력에 튕겨 나갔다. 그들이 있는 공간은 무척이나 이질적이었다.

빠지지직― 빠지지지직―

약간의 시간이 지나자 마력이 압축되며 자기장을 만들어냈다. 자기장은 조금씩 세력을 넓혀 나갔다.

더 이상 방치할 수가 없었다. 지금도 상당히 위험한 상태이다. 조금 더 시간이 지나면 걷잡을 수 없는 사태가 벌어질 것이다.

안드리안과 씽은 곤의 존재를 알아차리지 못할 정도로 몰입해 있었다.

곤은 그들에게 다가갔다. 엄청난 마력과 소형 자기장으로 인해 다가가기가 쉽지 않았다.

이들을 이대로 둘 수는 없었다. 저들 중에 누군가를 잃기도 싫었다. 더 이상 소중한 사람이 다치는 것을 용납할 수 없었다.

빠지지직—

둘의 마력이 절정에 다다랐다.

곧 폭발할 것이다.

둘의 눈빛으로 보아 추호도 물러날 생각이 없어 보였다.

곤은 내공을 끌어올렸다. 단전에 쌓인 내기가 바닥을 보일 때까지 끌어냈다. 내공은 그의 육신으로 퍼졌고, 그 어느 때보다 강한 힘이 솟구쳤다.

"죽어!"

"쿠오오오오!"

마력은 가득 머금은 손톱과 대검이 최후의 일격을 가하기 위해 서로의 목줄을 노렸다.

그 사이로 곤이 뛰어들었다. 번개처럼 번쩍이는 자기장이 그의 육체를 때렸다. 피부가 터지고 사지가 찢기려고 한다.

"크흑! 뇌격의 술!"

2단계의 재앙술을 펼쳤다. 마른하늘에서 섬광이 번쩍였다. 섬광은 곤의 머리 위로 곧바로 떨어졌다.

꽈지지지직!

두 번의 충격이 연달아서 덮쳤다. 곤은 의식이 날아갈 것 같은 아찔한 고통을 느꼈다. 여기서 버텨내지 못하면 모두 죽는다.

꽈지지지지직!

마력으로 생겨난 자기장이 뇌격에 맞은 곤에게 흡수되었다. 그의 피부가 타버리고 말았다. 그래도 그는 두 발로 버텼다.

모든 마력을 자신이 받아낼 때까지.

"크흐흑."

비명도 나오지 않았다. 입술이 바짝바짝 마르고 앞이 제대로 보이지 않았다. 곤은 그대로 쓰러졌다. 쓰러지는 곤을 안드리안이 받아냈다.

"곤!"

그녀는 곤이 이곳에 도착한 것을 알고 있었다. 하지만 상대와의 싸움이 워낙 험악해 한눈을 팔 수가 없었다. 둘 중에 하나가 죽기 전까지는 멈출 수 없었다.

안드리안은 목숨을 걸었다.

한데 곤이 중간에 끼어들며 두 개의 힘을 해소시켜 버렸다. 자신의 목숨을 도외시한 채.

왜?

이유는 알지 못했다. 그녀가 알고 있는 것은 곤의 목숨이 경각에 달렸다는 것뿐.

새카맣게 타버린 곤은 아릿한 눈빛으로 씽을 보았다. 그는 안드리안의 품에 안긴 채 손을 힘겹게 들어 올렸다.

"씽잉……."

씽은 대답하지 않았다.

하지만 눈빛이 심하게 흔들리고 있다. 왜 그가 자신을 구했는지 이해하지 못하는 표정이다.

가장 이상한 것은 그를 보고 있자니 가슴 한구석이 먹먹해져 온다는 것이다. 처음 보는 남자인데 왜 낯설지가 않은 것일까.

삐이이익!

멀리서 휘파람 소리가 들렸다.

씽은 손톱을 집어넣었다. 그리고 등을 돌렸다. 곤은 계속해서 씽을 불렀다. 씽이 멈칫거렸다. 자신도 모르게 등을 돌려 그의 손을 잡고 싶은 마음이 들었다.

아니 될 말이다.

은혜를 베풀어주신 주인께서 기다리신다. 혹여 저자를 과거에 본 적이 있다고 하더라도 잊어야 한다. 과거는 과거일 뿐.

씽의 주인은 단 한 명뿐이다.

"씨이잉, 나, 나야."

모른다.

난 당신을 몰라!

씽은 어금니를 꽉 깨물며 창고에서 벗어났다. 그는 빠른 속도로 달려갔다.

씽의 모습이 곤의 시야에서 사라졌다. 그가 사라지는 모습을 보며 곤은 의식을 잃었다.

*　　　*　　　*

"좀 어떻소?"

뮬란이 방으로 들어와 곤의 상세를 물었다.

안드리안은 고개를 좌우로 흔들었다. 침대 위에 누워 있는 곤은 송장이나 마찬가지였다. 숨만 가늘게 쉬고 있을 뿐 산 사람으로 보기 어려웠다.

일단 피부가 모조리 벗겨졌다. 반쯤 타버린 근육만이 남아 있을 뿐이다. 열이 너무 심해 안드리안은 수건에 찬물을 적셔 곧의 열을 식혀주었다. 그런데도 조금도 나아지지 않았다.

치료 중에는 간간이 괴성을 질렀지만 지금은 아예 미동조차 없다.

"뮬란 님은 어떠세요?"

"저야 뭐⋯⋯."

뮬란은 자조적인 미소를 지었다. 그의 왼팔도 잘려 나갔다. 급히 지혈을 하고 포션을 먹어 고통을 없앴지만 잘려나간 팔을 붙일 수는 없었다.

잘린 팔을 붙일 정도의 능력이 있는 자라면 신의 계시를 직접 받는 성녀나 대주교 정도가 돼야 했다. 이런 위험한 도시에 성녀나 대주교가 있을 리 만무했다.

이제는 치료할 시간이 지났으니 뮬란은 왼팔을 영원히 잃은 셈이다. 특히 검사인 그로서는 치명적인 상처였다.

"성문은 열렸나요?"

"아직 안 열렸소. 그제 벌어진 전투로 인해서 수습하기에도 정신이 없는 모양이오."

안드리안은 고개를 끄덕였다. 그날 그녀는 몰랐지만 성문에서는 엄청난 일이 벌어졌다.

족히 백 명 이상의 사망자가 발생했고 그 몇 배의 부상자가 생겼다.

이번 국지전은 쉽게 끝나지 않을 것이란 소문이 무성했다.

어쩌면 전면전으로 발전할 가능성도 다분했다.

다행히도 아슬란 왕국으로 향하는 성문과 남쪽으로 향하는 성문은 개방되었다. 많은 상인들이 그곳을 통해 성문을 빠져나갔다.

하지만 제국과 거래하고 있는 상인들은 오도 가도 못 한 채 이곳에 자리를 잡고 있어야 했다.

켈리온 남작도 그중에 하나였다. 그는 심한 불안감에 잠을 자지 못해 매일 밤을 술로 지새웠다.

"그럼 쉬시오."

뮬란이 방문을 닫고 나갔다.

그는 마부와 용병을 구하기 위해 사방으로 뛰어다녔지만 아직 성과가 없었다. 매수한 아콘은 보지도 못했다고 한다. 그 난리통에 죽었을지도 모를 일이다. 100골드가 허공에 붕 떠버린 것이다.

그래도 뮬란은 혼자서 묵묵히 자기 일을 하는 사내였다. 귀족들은 대부분 악명이 높지만 뮬란은 나쁜 사람이 아니었다.

안드리안은 고개를 돌려 사경을 헤매고 있는 곤을 보았다. 나름 잘생긴 그의 모습은 보이지 않고 시커멓게 타버린 흉측한 몰골만 남아 있다.

그가 이런 모습이 되자 펑펑도 보이지 않았다. 그녀라도 있으면 많은 도움이 됐을 텐데.

"곤, 죽지 마. 당신은 해야 할 일이 많다고 했잖아."

끊임없이 말을 시켜도 돌아오는 것은 공허한 메아리뿐이다.

그녀는 비상약을 꺼내 곤의 상처 부위에 발라주었다. 그다지 효과는 없었지만 없는 것보다는 나았다. 하지만 비상약도 이제는 모두 써버리고 마지막이다.

병사들이 약을 모조리 긁어가 더 이상 구하기도 어려웠다.

의자에 앉아 있던 안드리안은 머리를 감싸 쥐었다.

삼안을 뜰 수만 있다면 곤을 살릴 수 있을지도 모른다. 삼안을 뜨면 종족의 지식도 함께 눈을 뜬다. 강해지는 것만이 아니라 고대의 의술도 함께 알 수 있었다.

그러나 삼안은 한 달에 두 번 보름달이 뜨는 날만 열린다. 며칠 전 보름달이 떴으니 다시 돌아오기까지는 열흘 정도의 시간을 기다려야 했다.

곤의 체력으로 한 달을 버티기란 불가능에 가까웠다.

"어쩌지."

안드리안은 입술을 깨물었다. 어떡하든 곤을 살리고 싶었다. 자신 때문에 죽는 것은 도저히 용납할 수 없었다.

"이 자식, 살아나기만 해봐. 종신 계약을 맺어버릴 거야."

답답했다.

그녀는 자리에서 일어나 창문을 열었다. 시원한 바람이 그녀의 얼굴을 훑었다. 조금은 가슴이 뚫리는 것 같았다. 도시는 조용했다. 지금쯤이면 불야성을 이루고 있어야 하지만 전시 상황인 만큼 시끄럽게 구는 시민은 없었다.

"그래, 맞아."

안드리안의 머릿속에 뭔가가 스치고 지나갔다. 곤이 신주 단지처럼 모시고 다니던 보따리가 떠올랐다. 그것이 무엇인지 물었지만 곤은 빙그레 웃을 뿐 대답하지 않았다.

보따리에 무엇이 들었는지 알게 된 것은 펑펑이 스치듯 말한 '주인의 보따리에는 아내를 살릴 약이 들어 있어'라는 말 때문이다.

그녀는 곤의 보따리를 찾았다. 물건의 주인은 사경을 헤매고 있지만 보따리는 크게 손상되지 않았다. 겉만 살짝 탔을 뿐이다.

운이 좋았다.

안드리안은 보따리를 열었다. 안에는 처음 보는 신기한 약초가 몇 뿌리 들어 있었다. 특이하게도 인간의 모습을 닮은 약초 뿌리였다. 정신이 아찔해질 정도로 향이 진했다. 냄새를 맡으니 심신의 피로가 풀렸다.

보통 귀한 약초가 아니라는 것을 직감할 수 있었다.

이런 귀한 약초는 약으로 만드는 방법이 따로 있었다. 안드리안은 용병, 간단한 치료법 정도는 알고 있지만 약초를 다루는 방법은 알지 못했다.

삼안을 뜬다고 하더라도 그럴 것이라 여겨졌다. 삼안족이 만능은 아니니까.

그렇다고 이 귀한 약초를 누군가에게 보여줄 수도 없었다. 훔쳐갈 가능성이 높았다.

"생으로 먹이는 것이 가장 좋겠지? 약효가 그대로일 테니까."

안드리안은 그렇게 결론 내렸다.

곤은 의식이 없다. 씹을 수도 없다. 이것을 먹일 수 있는 방법은 한 가지뿐이었다.

그녀는 천종산삼 한 뿌리를 씹었다. 입안에서 강렬한 기운이 맴돌았다. 겨우 약초일 뿐인데 상식을 초월하는 기운을 내포하고 있었다.

하마터면 천종산삼을 삼킬 뻔한 그녀이다. 욕망을 억지로 참아낸 안드리안은 천종산삼을 잘게 씹어 곤의 입안에 밀어 넣었다.

서로의 입술이 포개졌다. 곤이 움직이지 못하니 혀를 이용했다. 그녀의 혀가 곤의 혀를 벌린 후 조각난 천종산삼을 목구멍까지 밀어 넣었다.

조금씩 천종산삼이 곤의 목을 타고 넘어갔다.

"제길, 애먼 데서 첫 키스를 하는구만. 이봐, 곤. 나중에 꼭 보답하라고. 당신도 꽤 괜찮은 남자지만 유부남은 내 취향이 아니라서. 당신 정도로 멋진 남자를 소개시켜 달라고."

안드리안은 천종산삼을 씹고 곤의 입에 넣기를 반복했다. 턱이 아플 정도로 씹은 후에 곤의 입에 넣었다.

꽤나 오랜 시간이 지난 후에야 천종산삼 한 뿌리를 모두 곤에게 먹일 수 있었다.

어느새 달이 떴다.

피곤함을 느낀 안드리안은 곤의 침대에서 엎드린 채 잠이 들었다.

　　　　*　　　　*　　　　*

　제국의 전진 요새 세리포스.

　동대륙으로 진출하기 위한 전초기지로 중야의 소블린과 가장 치열하게 전투를 벌이고 있는 곳 중 하나이다.

　짜악— 짜악— 짜악—

　채찍 소리가 커다란 막사 안에서 울려 퍼졌다. 지나치던 병사들이 그 소리를 듣고 움찔거렸다.

　채찍 소리는 반시간가량 계속되었다.

　"후욱후욱."

　묘한 색기를 풍기는 여인. 가면을 쓰고 있지만 그녀가 상당한 미녀라는 것을 감추지 못했다. 갑옷을 입었음에도 가슴이 반쯤 돌출되었다. 상당히 풍만한 가슴이다.

　그녀가 바로 테일즈 가문 백작의 장녀인 전장의 마녀 샤를론즈였다.

　샤를론즈의 손에는 채찍이 들려 있었다. 그녀의 앞에서 무릎을 꿇고 있는 자는 씽이었다. 상의를 모두 벗은 그의 등에는 무수히 많은 채찍 자국이 나 있었다.

　하얀 피부가 시뻘겋게 변했다.

　"샤를론즈 님, 그만하시죠. 다른 병사였으면 벌써 죽었습니다."

　허옇게 수염을 기른 중년의 기사 테론이 그녀를 말렸다. 채

찍질이 반시간이 넘게 계속됐다. 채찍은 살을 찢고 근육을 파열시킨다. 뼈를 부러뜨리는 것보다 더욱 고통스럽다. 그 고통을 이기지 못하고 자살하는 자들도 상당했다. 그런 고통을 씽은 반시간 넘게 신음 소리 한 번 내지 않고 참아낸 것이다.

샤를론즈는 채찍을 던졌다. 그녀는 무릎을 꿇고 있는 씽에게 다가가 등에 난 상처에 뺨을 댔다.

"아프니?"

"아닙니다."

씽은 표정 없이 대답했다.

"내가 왜 이러는지 알지?"

"네."

"나는 너를 사랑한단다, 오페."

"……."

"난 너의 생명의 은인. 죽어가는 너를 살렸지. 하루도 빼놓지 않고 너를 간호했어."

"알고 있습니다."

"너는 나에게 무엇이든 해주겠다고 약속했지. 기억나니?"

"네."

"우리가 왜 이곳에 있지?"

"하렘의 심장을 얻기 위해섭니다."

"너는 그것을 나에게 가져다주겠다고 약속했어."

"죄송합니다."

"죄송? 죄송?"

샤를론즈는 씽의 앞으로 다가와 한쪽 무릎을 꿇고 그의 눈동자를 똑바로 쳐다봤다. 그리고 그녀의 한쪽 손바닥이 올라가 씽의 뺨을 후려쳤다.

짝 소리가 막사에 울려 퍼진다.

짝— 짝—

몇 번이나 같은 소리가 울려 퍼졌다.

씽의 뺨이 금방 부어올랐다. 샤를론즈는 씽의 부은 뺨을 잡고 혀로 핥았다.

"나의 사랑 오페, 죄송해할 짓은 하지 말아줬으면 좋겠어. 도대체 너처럼 강한 아이가 왜 실패한 거니?"

씽의 머릿속에 한 명의 사내가 떠올랐다. 그와 사투를 벌이던 여인과의 사이로 뛰어든 그 남자. 온몸에 큰 화상을 입은 채 씽이라는 이름을 불렀다.

씽.

어쩐지 낯설지 않은 이름이다.

그리고 그 남자의 눈빛이 그리웠다. 다시 한 번 만나고 싶었다. 나를 아느냐고, 내 이름을 아느냐고, 당신은 나와 무슨 관계냐고 묻고 싶었다.

"왜 대답이 없니, 오페?"

"아닙니다. 제 불찰이었습니다. 다시는 실수하지 않겠습니다."

"약속할 수 있니? 나는 너의 주인. 나는 너의 생명. 알고 있지?"

"알고 있습니다. 다시는 실망시켜 드리지 않겠습니다."

"호호호호, 좋아."

샤를론즈는 씽이 뺨에 입맞춤을 한 후 자리에서 일어났다. 그녀가 막사를 나가자 테론과 기사들이 그녀를 좇아 나갔다.

씽은 그녀가 나간 후에도 한참이나 무릎을 꿇고 있었다.

＊　　　＊　　　＊

이상한 소리에 안드리안은 눈을 떴다. 눈을 뜬 그녀는 기이한 광경을 목격했다.

곤의 타버린 피부가 껍질을 벗듯이 침대 위로 후드득 떨어졌다. 뱀의 탈피한 껍질처럼도 보였다.

곧이어 새살이 돋았다.

삼안족인 안드리안조차 이런 광경은 본 적이 없다. 인간이 파충류인가?

탈피가 웬 말이냔 말이다.

하지만 눈앞에서 허물을 벗고 새 옷을 갈아입고 있으니 믿지 않을 수도 없었다.

정작 곤은 의식을 잃은 채 생사의 갈림길에서 사투를 벌이고 있는 중이다. 그의 내부에서는 세 개의 강대한 내기가 뒤엉켜 살기 위해 곤의 육체를 재생시키고 있었다.

돋아난 새살에서 밝은 빛이 뿜어졌다. 빛의 강도가 조금씩 강해졌다.

"도대체 이게 어떻게 된 일이지?"

혹시 이러다 곤이 절명하는 것은 아닌지 안드리안은 불안했다. 그녀는 급히 뮬란을 불렀다. 뮬란도 곤의 상태를 보았다.

"뮬란 님은 기사시니까 이런 광경을 본 적 있으시겠죠? 이게 무슨 현상입니까?"

안드리안이 물었다.

"그게 그러니까……."

그도 본 적이 없다. 이런 해괴한 현상 자체를 처음 보았다.

망가진 육체가 갑자기 멀쩡하게 되돌아오다니. 재생력이라면 혀를 내두를 트롤도 이렇게는 하지 못할 것이다.

어느새 곤의 피부는 예전으로 돌아왔다. 아니, 예전보다 훨씬 피부가 좋아졌다. 흉터 하나 보이지 않았다.

곤의 육신에서 흘러나오는 것은 분명 마력이었다. 순수한 마나가 물리적으로 형상화시킬 수 있는 힘.

마력.

곤의 내력은 단숨에 큰 폭으로 상승했다.

우우우우우우웅!

빛의 세기는 점점 더 강해졌다.

위화감을 느낀 안드리안과 뮬란은 뒤로 물러났다. 그녀는 단검을 움켜쥐었다. 만약 곤이 위험에 처한다면 무슨 수라도 쓸 생각이다.

곤의 육신에서 뿜어져 나오던 빛이 천장을 뚫고 날아갔다. 빛이 사라졌다. 곤은 여전히 죽은 듯이 침대에 누워 잠을 자고 있다.

그의 피부는 완전히 재생되었다.

하지만…….

"젠장! 안드리안, 이 지붕 부서진 값도 내가 지불해야 하는 건 아니지?"

안드리안은 급히 고개를 흔들었다.

"저기 누워 있는 자식이 낼 겁니다."

Chapter 9. 전쟁의 이유

곤은 자신이 의식을 잃고 있는 동안 무슨 일이 벌어졌는지 안드리안에게 모두 들었다. 물론 안드리안은 산삼을 어떻게 먹였는지에 대해서는 얘기하지 않았다.

곤은 또다시 천종산삼 하나를 잃었지만 안드리안에게 역정을 낼 수는 없었다. 그녀가 아니었다면 곤은 의식을 찾지 못하고 죽었을 가능성이 매우 높았다.

시기를 딱 맞춰서 그녀가 천종산삼을 먹여주었기에 살아난 것이다.

운이 좋았다고밖에 할 수 없었다.

곤은 자리에서 일어나 정중하게 감사의 예를 표했다. 안드리안은 쑥스러워하며 손사래를 쳤다. 무섭게 싸우던 그녀답지 않게 의외로 순수한 면이 있었다.

"그런데 나와 싸우던 그 남자와는 아는 사이야?"

안드리안이 물었다.

사실 가장 궁금한 것이기도 했다. 곤은 죽기를 각오하고 그녀와 사내 가운데로 뛰어들었다. 더군다나 압축되어 있던 마력을 혼자 감당했다.

살아 있는 것이 기적이다.

신이 보살피지 않았다면 곤은 이 세상에 존재하지 않았다.

"네. 정글에서 헤어진 동생… 입니다."

차마 백호라고는 말할 수가 없었다. 눈앞에 삼안족이 버젓이 있지만 어쨌든 두 종족 모두 현실감이 없다.

"동생이라……. 어쩌다?"

곤은 오크들의 습격과 오크도시 뮤질란, 그리고 정글에서 있었던 일을 간략하게 얘기했다. 곤의 말을 듣는 안드리안의 표정이 복잡 미묘하게 변했다.

"그렇구나. 당신도 참 쉽지 않은 인생이네."

"그런 것 같습니다. 그런데 씽이 왜 저를 알아보지 못하는 건지 모르겠습니다. 기억을 잃은 것일까요."

"흠, 그 친구……."

안드리안은 길게 한숨을 내쉬었다. 말을 해야 하는지 말아야 하는지 갈등하는 모습이다.

"왜요? 무슨 일이 있습니까?"

"흥분하지 말고 들었으면 해."

그녀의 말에 불길한 기운이 등줄기를 스치고 지나갔다.

"괜찮습니다. 말씀하세요."

"확실한 것은 아닌데, 음, 아무래도 그 친구, 흑마법에 걸린 것 같아."

"흑마법이요?"

곤은 마법에 대해서 잘 알지 못했다. 당연히 흑마법이 어떤 것인지 알지 못했다.

"응, 그와 손을 섞어보고서 확실히 느꼈어. 여러 가지 정황이 있지만 첫째로 그에게서 느껴지는 엄청난 사기. 마치 죽은 자를 대하는 것 같았어. 둘째로 검은색 마력. 순수한 마력은 밝은색이야. 어두운색은 인위적인 조작을 가했다는 말이지. 흑마법사들이 만들어낸 키메라가 바로 검은색 마력을 가지고 있어."

"그럼 씽이 저를 못 알아본 이유가 흑마법에 걸렸기 때문인가요?"

"그럴 수도 있지. 어떤 종류인지 모르지만 일단 흑마법에 걸리면 오직 시전한 자에게만 복종하게 돼. 죽으라면 죽고 죽이라면 죽일 수도 있지."

씽은 꼭두각시가 되었다. 그렇다고 실망스럽지는 않았다.

오직 살아 있기만을 바랐다.

살아만 있으면 자신이 어떻게든 하겠노라고 말했다. 씽은 그의 명령을 충실히 이행했다.

살아 있다는 것만으로도 하늘에 감사한다.

"풀 수 있는 방법은 있나요?"

"있기야 있지."

"뭐죠?"

"시전자가 직접 풀어야 해. 만약 다른 사람이 강제로 흑마법을 풀려고 한다면 피시전자의 목숨이 위험할 수도 있어."

그래도 상관없었다.

하늘이 무너져도 그를 구해낼 테니까.

"항상 고맙습니다."

"별걸."

"저도 궁금한 것을 물어도 되겠습니까?"

"뭔데?"

"단장의 세 번째 눈."

"아, 이거? 물어볼 줄 알았어."

안드리안은 씁쓸한 표정을 지으며 이마를 손가락 끝으로 톡톡 쳤다.

"난 삼안족이야."

"삼안족이 뭐죠?"

"말 그대로 세 개의 눈을 가진 종족이지. 그렇다고 세 번째 눈이 다른 두 개의 눈과 똑같다고는 생각하지 마. 세 번째 눈을 뜨면 고대 삼안족의 마법을 사용할 수가 있지. 물론 회복력, 체력, 마나의 양 등 모든 것이 대폭 상승해."

"엄청난 능력인데요."

"엄청난 능력이긴, 난 삼안을 뜨는 것을 좋아하지 않아."

"왜요?"

"삼안을 뜨면 인격의 장애가 생기거든. 어쩔 때는 굉장히 난폭해지고 어쩔 때는 남자를 꼬시기도 하지. 하여간 비인격적이 돼. 그래서 싫어."

"성격이 나빠지는 것에 비해 얻는 것이 너무 큰 것 같은데요?"

"모르는 소리. 예전에는 눈을 뜨니 생판 처음 보는 남자 품에 안겨 있었다고. 나보다 나이가 두 배는 많은 대머리 아저씨였어. 내가 기분이 얼마나 더러웠는지 알아?"

그건 좀 그렇기도 하겠다.

"매번 삼안을 뜨면 안드리안도 난처하겠군요."

"다행히 그렇지는 않아."

"그건 또 왜죠?"

"삼안은 보름달이 뜨는 날만 깨어나. 왜 그런지는 몰라. 아마도 내가 달의 종족이기 때문일지도 모르지."

"달의 종족이라……."

"내가 언젠가 고향으로 돌아가고 싶다고 말했지?"

"네."

"내 어머니는 삼안족이야. 아버지가 삼안족인지 아닌지는 몰라. 하여간 내가 세상에 대해서 알기 시작했을 때 아버지는 안 계셨으니까. 어머니는 돌아가시기 전 나에게 말했어. 고향으로 돌아가라고. 그래야 내가 살 거라고. 그곳이 바로 저기 떠 있는 달이야."

안드리안은 부서진 달을 가리키며 말했다.

놀라울 따름이다. 아무리 많은 종족이 존재하는 대륙이라지만 달에서 사는 자들이 있다니.

"어머니도 삼안족이라면 무척 강하실 텐데 어쩌다……."

괜한 것을 물었다고 생각했다. 분명 돌아가셨다고 말했는데.

"그건… 아니야."

안드리안은 고개를 흔들었다. 곤의 질문에 안드리안의 눈동자가 심하게 흔들렸다.

"네가 나랑 종속 계약을 맺으면 얘기해 줄게."

"종속 계약이요?"

잠시 슬퍼 보이던 안드리안의 눈빛이 장난스럽게 변하는 것은 순간이었다.

"저는 할 일이 있습니다."

"알아, 할 일 있는 거."

"그럼 안 되는 것을 아시겠네요."

"그 할 일이 꽤 오래 걸리지?"

"확실히 모릅니다."

"혼자서 하기 벅차지 않아?"

"그것도 잘……."

"나도 일이 있어. 혼자 하기가 벅차서 그렇지. 그러니 서로 일을 도와주자고. 내 일을 먼저 하든지 당신 일을 먼저 하든지. 혼자 하는 것보다 둘이 하는 것이 빠르지 않겠어?"

나쁘지 않은 제안이다. 곤이 영악하다고 할지라도 그가 살던 조선과는 완전히 다른 곳이다. 일단 인간 외의 종족이 너무나 많았다.

문명 자체가 완전히 다르다고 할 수 있었다. 이곳의 문명은 곤에게 무척이나 위험했다.

"내가 말했지? 일을 마치면 난 고향으로 돌아갈 거라고."

달을 말하는 것인가.

"갈 수 있는 방법이 있나요?"

"찾아봐야지. 당신은 오크 소년을 구한 다음 어떡할 건데?"

"저도 고향으로 돌아갈 겁니다."

"고향이 어딘데?"

"멉니다. 아주."

"나만큼?"

"아마도요."

"그렇게 먼 곳이 있나? 하긴 별일이 다 벌어지는 곳이니까."

안드리안은 대수롭지 않게 받아들였다.

확실히 안드리안은 보통 여자와는 달랐다. 통이 크다고 해야 하나. 우두머리로서 가능성이 충분했다. 곤은 안드리안에게 고마움을 느꼈다.

"좋아요. 같이 일을 마칠 때까지 함께하겠습니다."

곤은 안드리안의 세 번째 눈에 대해서 호기심이 생겼다. 그토록 대단한 존재라면 조선으로 돌아가는 방법을 알지 않을까. 충분히 가능성은 있었다.

"정말이지?"

안드리안의 눈빛이 빛났다.

"둘 모두에게 이익이 가는 일이라고 생각합니다."

"좋았어. 잘 생각했어."

그녀는 자신의 방으로 돌아갔다. 잠시 후 계약서 두 장을 들고 왔다.

"여기다 사인해. 잘 읽어보면 알겠지만 정말 이 업계 최고 대우야."

곤은 계약서를 보았다. 그는 대륙공용어를 능숙하게 말할 줄은 안다.

하지만 쓰지 못한다.

읽지도 못했다.

계약서에 무엇이 적혀 있는지 곤은 알 수가 없었다.

"저, 제가 글을 읽지 못합니다."

솔직하게 말했다.

"뭐? 정말?"

"네."

"음, 하긴 지금까지 오크들과 지내왔다면 그럴 수도 있겠네. 글을 모르는 오크도 꽤 많으니까. 좋아, 내가 천천히 글 쓰는 법과 읽는 법을 가르쳐 줄게."

"감사합니다."

"그럼……."

안드리안은 계약서에 적힌 내용을 대충 설명해 주었다. 곤은 그녀의 말을 의심하지 않았다. 그녀가 사인하라는 대로 두 장에 나눠 각각 사인했다. 두 장을 붙여놓은 후 가운데에도 서로 사인했다.

"자, 됐어. 한 장씩 나눠 가지면 돼."

"알겠습니다."

곤은 계약서를 받았다.

"그리고 말이야, 이 종이는 드래곤의 침이 묻어 있어. 언령의 힘이 있다는 소리지."

"그런데요?"

"간단하게 얘기해서 계약서대로 약속을 지키지 않으면 큰 화를 당한다는 말이야."

"걱정하지 마십시오. 약속한 것은 지킵니다."

"그래, 맞아. 우리는 이곳을 떠날 때까지 한 몸이야."

안드리안은 방실방실 웃었다.

그때는 몰랐다. 그녀가 왜 그렇게 즐겁게 웃고 있는지.

그때는 몰랐다. 등잔 밑이 어둡다는 말이 사실이라는 것을.

*　　　*　　　*

전투가 다시 벌어졌다는 소식은 없었다. 몸을 추스르고 있는 상황에서 곤에게는 반가운 소식이었다. 그는 방에 앉아 수련했다.

근육을 풀어주어 세포까지 하나씩 일깨웠다. 짧은 시간 동안 근육을 풀어줬을 뿐인데 전신에서 땀방울이 흘렀다.

근육을 풀어준 곤은 내공을 일으켰다. 의식을 잃기 전과 완전히 내공의 양이 달랐다.

예전에는 시냇물이었다면 지금은 범람하는 강물과도 같았다.

넓은 단전 안에 내기가 꽉 찬 느낌이다. 이 정도의 양이라면 3단계 재앙술도 어렵지 않게 사용할 수 있을 듯했다.

당장 사용해 보고 싶었지만 상급 재앙술을 사용하려면 여러 가지 제약이 따랐다. 이런 곳에서 함부로 사용할 수 없었다.

재앙술을 사용할 수 없지만 다른 것이 있었다.

주르르륵.

곤이 몸을 일으키자 잘빠진 상체에서 땀방울이 흘렀다. 그는 손도끼를 들었다. 서 있는 상태에서 내공을 일으켰다. 내공은 그의 혈도를 타고 전신으로 흩어졌다 모이기를 반복했다.

내공을 몸 밖으로 분출시켰다. 여기까지는 어렵지 않았다. 다음부터가 문제였다. 얼마나 물질화를 시킬 수 있느냐 하는 문제.

몸 밖으로 나온 내공을 손도끼 내부로 집어넣었다.

실패다.

손도끼로 들어가는 즉시 내공이 흩어져 사라졌다. 몇 번이나 반복했지만 계속해서 실패였다.

될 듯 말 듯하여 곤의 애간장을 태웠다. 내공을 마력으로 바꾸고 그것을 물질화하는 데는 감각이 필요했다.

안드리안과 씽이 보여준 가공할 마력 대결까지는 필요 없었다.

가장 기초적인 오러만 완성하면 된다. 그것만으로도 곤의 전투력은 비약적으로 상승할 테니까.

내공의 양은 충분했다. 그것을 얼마나 잘 사용하는가는 전적으로 곤에게 달려 있었다.

곤은 밤새도록 감각을 익히기 위해 노력했다.

아주 조금이지만 마력을 물질화시킬 수가 있게 되었다. 내공이 팔목의 혈도를 타고 흘러 손도끼까지 다다랐다. 손도끼에서 희미한 빛이 흘러나왔다. 희미한 빛은 조금씩 크기를 넓혀갔다.

오러였다.

드디어 처음으로 오러를 생성시킬 수가 있게 된 것이다. 비록 바람만 불면 금방 꺼질 것 같은 모습이지만 오러는 오러였다.

손도끼에서 진동이 일어났다. 보기에는 미약할지 모르지만 내포된 힘은 굉장했다.

한번 사용하고 싶은 욕망을 느끼는 곤이다. 그는 손도끼를 휘둘렀다. 손도끼의 오러가 쭉 하고 뻗어 나갔다.

꽈직!

상당한 거리가 있음에도 오러의 충격파가 다다랐다. 충격으로 인해 나무로 된 벽면이 뻥 뚫렸다.

그런데 뚫린 벽면 앞에 목욕을 하고 나온 안드리안이 서 있는 게 아닌가. 그녀는 실오라기 하나 걸치지 않는 나신이었다.
너무 당황해서인지 안드리안은 입만 벌린 채 뻐끔거렸다.

둘의 눈이 마주쳤다.

젠장!

안드리안의 하이 킥이 벽을 뚫고 날아오고 있었다.

*   *   *

곤과 안드리안은 며칠째 도시에서 머물렀다. 켈리온 남작과
뮬란이 동분서주하고 있었지만 제국으로 가는 길을 요원하기
만 했다. 안드리안 역시 이곳저곳 찔러봤다. 하나 마부조차 구
할 수 없는 상태에서 제국으로 떠나기란 쉽지 않았다.

"정말 갈 셈이야?"

장비를 챙기고 있는 곤을 향해서 안드리안이 물었다.

"네, 가야죠."

"당신, 죽을 수도 있어. 이건 일개 깡패들을 만나는 것이 아
니라고."

"죽지 않아요. 죽을 수도 없고."

"그게 당신 마음대로 되는 줄 알아? 아니, 상식적으로 이게
말이 된다고 생각해?"

"상식적이지는 않지만 저는 동생을 돌려받아야겠어요."

"아오, 돌겠네. 상대는 전장의 마녀라고. 수천 명을 잡아다
대나무 죽창에 꽂아 죽을 때까지 산 채로 매달아 놓는 잔혹한

미친년이야. 이곳에서 사람들이 하는 얘기를 들었을 거 아니야."

"들었어요."

"그런 년한테 가서 '씽은 제 동생이니 돌려주세요'라고 하겠다니, 미치지 않고서야 원."

"일단 시도는 해봐야죠."

"장담하지만 당신, 돌아오지 못해. 그러니까 포기해. 나랑 같이 다른 방법을 생각해 보자고."

"확인하고 싶어요."

"또 뭘?"

"씽이 어떻게 살아가고 있는지."

"헛소리 말고 짐 풀어. 계약한 지 만 하루 만에 부단장을 잃고 싶지 않아."

"일주일만 기다려 주세요. 어차피 지금은 꼼짝도 못 하잖아요. 만약 도시 밖으로 나가게 되면 여관 주인에게 말해놓으시고요."

곤의 의지는 굳건했다.

안드리안도 더 이상 그를 말릴 수가 없다고 여겼다. 그녀는 이마를 짚었다. 아무리 생각해도 이건 아니었다. 아무리 제국과 척을 치지 않고 있는 용병이라지만 갑자기 찾아가 동생과 함께 떠나겠다고 하면 어떤 지휘관이 좋아하겠는가.

더군다나 씽이라는 존재는 범상치 않았다.

미완성의 삼안족이라고 하더라도 그녀와 맞상대할 수 있다는 것 자체만으로 놀라울 따름이었다.

"아, 미치겠네. 알았어. 그럼 갈 때 가더라도 이건 가져가."

안드리안은 작은 가죽 주머니 하나를 주었다.

"물이야. 모르는 길을 가려면 물은 반드시 필요해. 먹을 것은 없어도 물이 없으면 버티지 못하거든. 저게 저래 보여도 축소 마법이 걸려 있어서 상당한 양의 물이 들어 있어."

곤은 엄지손가락보다 약간 큰 가죽 주머니를 눈높이까지 들어 보았다. 예전에 본 신기한 주머니와 비슷한 기능을 하는 모양이다.

"물이 얼마나 들어 있습니까?"

"네가 매일 목욕을 해도 될 만큼."

"정말입니까?"

"거짓말을 할 이유가 없잖아? 그러니까 잘 챙겨."

"알았습니다."

곤은 가죽 주머니에 줄을 꿰어 바지 안쪽에 넣었다. 잃어버리지 않기 위함이다.

안드리안은 곤을 데리고 시장으로 갔다. 시장에서 여행에 유용한 물품들을 사주었다. 사실 인간 세계에서 홀로 여행하는 것은 처음이다.

그 거리가 짧다고 해도 위험에 노출될 확률이 높은 것도 사실이다.

이곳이 정글보다 낫다는 생각은 들지 않았다. 그렇기에 안드리안의 마음씀씀이가 고마웠다.

"자, 다 됐다. 이 정도면 충분히 일주일간 먹고 자는 데 불편함이 없을 거야."

"제가 아직 돈이 없어서⋯⋯."

켈리온 남작에게는 의뢰를 마치고 난 후에야 돈을 받는다. 당연히 곤은 돈이 한 푼도 없었다.

"괜찮아, 괜찮아. 살아서 돌아오기만 해. 대신 나중에 이 돈은 깔 거야."

"훗, 그렇게 하십시오."

곤은 미소를 지었다. 안드리안은 곤과 함께 성벽 근처로 다가갔다.

점점 거리는 어두워져 갔다. 그렇지 않아도 적은 사람들의 숫자가 빠르게 줄어들었다. 성벽 위에서 횃불이 올랐다. 야간 경계를 서는 병사들의 숫자가 늘어났다.

꽤나 경비가 삼엄하여 곤이 성벽을 넘을 수 없을 것 같기도 했다.

"그럼 갑니다."

곤은 성벽으로 다가갔다.

"어?"

성벽을 넘어갈 무슨 방도가 있는 줄 알았다. 저렇게 당당하게 성벽을 향해서 걸어갈 줄은 몰랐다. 그녀는 곤을 부르려고 했다.

그 순간이었다.

곤은 허공을 향해서 '역광의 술'을 펼쳤다. 그의 몸이 흐릿

해졌다. 분명 그 자리에 있지만 각도에 따라 보이지 않았다. 몸 전체를 투명하게 하는 마법도 아니고 무척이나 특이했다.

병사들 사이로 곤이 걸어갔지만 아무도 그를 눈치채지 못했다.

어느새 성벽 너머로 곤의 모습이 사라졌다.

이제는 정말로 기다리는 수밖에 없었다.

"곤, 살아서 돌아와야 해. 안 그럼 내 손해가 막심하거든."

안드리안은 사라진 곤의 뒷모습을 떠올리며 중얼거렸다.

*　　*　　*

성벽 너머는 조용했다. 곤은 뒤를 돌아봤다. 성벽 위에는 횃불이 곳곳을 밝히고 있다. 경비가 삼엄했다. 그의 앞은 어둠이다.

이제 도와줄 사람은 아무도 없었다. 혼자서 씽을 구해야만 했다.

"주인, 다시 둘뿐이네."

펑펑이 나타나 그의 어깨에 살포시 앉았다.

"그렇군."

다시 둘이 됐다. 언제나 겪는 일이다. 펑펑이 있기에 외롭지는 않았다. 이곳에 처음 도착했을 때는 씽이 옆에 있었고, 정글 속에서는 코일코가 함께했다.

인간 세상으로 나와서는 안드리안이 물심양면으로 도움을

주었다.

그렇게 보면 그다지 잘못된 인생은 아니었다. 많은 것을 가지지 않았지만 좋은 친구들을 두지 않았는가. 어떤 금은보화를 준다고 하더라도 나눠 가질 수 없는 소중한 친구들이.

곤은 어둠 속을 걸었다. 어둡지만 밝아진 눈은 어렵지 않게 길을 찾을 수 있었다. 약간의 빛만 있다면 낮처럼 움직일 수도 있을 것이다.

제국군이 주둔해 있는 곳은 소블린에서 상당한 거리를 가야한다. 그들은 일차적인 선발대이기 때문에 씽이 있는지는 알수 없었다.

소블린과 정면으로 상대를 하는 곳은 제국의 전진요새 세리포스라고 하였다.

약 나흘을 쉬지 않고 가야 하는 거리였다. 다행히도 왕래가 빈번한 곳이기에 길은 나쁘지 않았다. 정글보다 몇 배나 빨리 움직일 수 있었다.

곤은 서둘렀다.

자정이 넘어서야 나무 위에 올라가 잠시 눈을 붙였다. 동이트면 곧바로 움직였다. 그렇게 쉬지 않고 도로를 따라 이틀을 움직였다.

안드리안이 챙겨준 육포로 인해서 배고픔도 없었다. 비록육포가 물리기는 했지만 없는 것보다는 훨씬 나았다.

이틀째 되는 날에 소블린의 주둔지가 보였다. 약 천 명가량의 병사들이 힘없이 앉아 있다. 굉장히 지친 모습이다. 제대로 된 음식을 먹지도 못했는지 얼굴에 생기가 하나도 없었다.

상처가 심한 병사들이 많아 곳곳에서 신음 소리가 들렸다.

곤은 역광의 술을 발현한 후 그들을 지나쳤다.

하루를 더 가자 전투가 벌어진 평원이 나왔다. 평지에는 수많은 사상자가 썩어가고 있었다. 양측 모두 시체를 수거하지 않은 모양이다. 병장기는 모조리 걷어간 것 같지만.

들개들이 시체를 파먹었다. 인간을 먹은 들개들의 눈빛이 살벌했다.

커커커컹!

곤을 발견한 들개들이 몰려왔다. 한두 마리가 아니다. 수십 마리가 곤을 에워쌌다. 긴 어금니에서 침이 뚝뚝 떨어지고 있다. 그들은 금방이라도 곤에게 달려들 기세였다.

하지만 움직이지 않았다. 뭔가를 기다리고 있는 모양이다.

크르르룽!

들개들 뒤편에서 사나운 울음소리가 낮게 울렸다. 울음소리가 들리자 들개들이 양옆으로 쫙 갈라졌다. 그 사이로 들개 한 마리가 나타났다.

엄청나게 거대한 들개였다. 멧돼지라고 해도 믿을 만한 크기다.

크르르르!

보스 개가 으르렁거리자 들개들이 조금 더 뒤로 물러났다. 자신이 상대하겠으니 너희는 물러나라는 뜻 같았다.

"정말 겁대가리 없는 개새끼네."

평평이 어이없다는 듯 허허 웃었다. 그녀는 지금의 곤이 얼마나 강해졌는지 짐작하고 있었다. 곤은 샤먼이기도 했고 전사이기도 했다.

오러와 주술을 동시에 사용한다. 월등하게 강하지 않은 상대라면 곤은 쉽게 지지 않을 것이다.

크아아앙!

보스 개가 곤을 향해서 뛰어올랐다. 들개들의 우두머리답게 상당한 거리를 단숨에 좁혔다.

곤은 팔에 내공을 불어넣었다. 처음으로 마력을 이용한 실전이다.

보스 개가 곤의 왼쪽 팔을 물었다. 마력으로 가드를 형성했기에 보스 개의 이빨 정도로는 뚫리지 않았다. 곤은 오러로 감은 오른 주먹으로 보스 개의 옆구리를 올려쳤다.

뻐어억!

놀라운 파괴력이었다.

옆구리를 맞은 보스 개가 10m 이상 날아가 바닥에 처박혔다.

끼이이잉!

보스 개도 상당히 놀란 모습이다. 믿을 수 없다는 눈빛으로 곤을 바라봤다. 충격이 큰지 네 발로 제대로 서지 못했다. 정신을 차린 보스 개가 다시 곤을 공격했다.

곤은 허리를 숙인 후 보스 개의 배를 다시 한 번 후려쳤다.

뻐어어억!

이번에는 내장이 뒤흔들리는 충격을 받았다. 보스 개는 쓰러진 채 먹은 것을 모두 토해냈다. 몇 번이나 일어서려고 했지만 꼼짝도 하지 못했다.

곤과 보스 개를 지켜보던 들개들이 슬금슬금 뒤로 물러났다.

들개들은 곤이 아닌 보스 개를 공격하기 시작했다. 보스 개가 발버둥을 쳤지만 이미 상당히 다친 상태에서 수십 마리나 되는 들개들을 당해낼 수는 없었다.

"어라, 저러다 죽겠는데?"

펑펑의 말에 길을 가려던 곤이 멈칫했다. 저런 들개 따위야 몇백 마리가 죽든 상관없었다. 그런데도 왠지 가슴 한구석이 걸렸다.

찝찝함이라고 해야 할까.

곤은 들개들이 있는 방향으로 걸음을 옮겼다. 그는 주먹에 오러를 감고서는 보스 개를 공격하고 있는 들개들을 마구잡이로 쳤다. 아무리 사나운 들개라고는 하지만 오러를 맞고서 서 있을 수는 없었다.

캐캐캐캥!

들개들이 사정없이 나자빠졌다. 그들은 곤의 눈치를 보더니 이내 사라졌다.

크르르릉!

피투성이가 된 보스 개가 곤을 노려봤다. 왜 자신을 구해줬냐는 표정이다.

"눈 깔아라."

펑펑이 대신 말했다.

놀랍게도 말을 알아들은 보스 개가 눈을 깔았다.

"그냥 우리 주인의 변덕으로 살려준 거니까 저리 꺼져. 다시는 눈에 띄지 말고."

역시 알아들은 모양이다.

보스 개는 천천히 등을 돌렸다. 아무래도 들개가 되기 전에 인간이 키운 모양이다. 보스 개는 몇 번이나 곤을 뒤돌아본 후 사라졌다.

"인간을 따르는 개들도 야생으로 풀려나면 이렇게 무서워지는군."

조선에서도 개를 많이 키운다. 젊은 개들은 인간들을 지키기 위해서 살고 늙은 개들은 인간들의 굶주린 배를 채워주기 위해 존재했다.

그런 개들이지만 들개가 되고 나니 사나운 맹수와 다를 바가 없었다.

"인간들이 저지른 업보인걸. 어쩔 수 없지. 어서 가던 길이나 가자고, 주인."

"업보라······. 그래, 그 말이 맞다."

이 모든 것은 인간들이 가진 욕망에서부터 촉발된 것이다. 다른 사람의 것을 빼앗고, 다른 사람은 빼앗기지 않기 위해 칼을 들었다. 서로가 서로를 상하게 하다 보니 극한으로 몰리는 것이다.

곤과 평평은 제국군이 있는 방향으로 걸음을 옮겼다.

오늘은 구름이 짙어 달이 보이지 않았다. 한 치 앞도 보이지 않는 상태에서 속보로 걷기란 쉽지 않았다. 차라리 휴식을 취하고 체력을 보충하는 편이 나을 듯했다.

곤은 어느 한 마을로 들어섰다.

이미 사람들은 모두 떠나고 유령 마을이 되어버린 곳이었다.

금방이라도 무너질 것 같은 목조 건물들이 가득했다. 수십 채의 건물이 있는 것으로 보아 한때는 꽤나 번성한 듯싶다.

끼이이익.

곤은 그나마 무너지지 않을 것 같은 2층 건물 안으로 들어섰다.

그가 들어서자 쌓여 있던 먼지가 일어났다. 곤은 손으로 입과 코를 막았다.

"와우, 먼지 봐. 그래도 다른 곳에 비해서 이곳이 제일 나은 것 같은데, 주인."

"음, 그런가?"

"그래. 일단 다른 집은 모닥불을 피우면 멀리까지 비치겠지만 이곳은 창문이 안쪽으로 있어서 바깥으로 비치지 않겠는걸."

곤은 고개를 끄덕였다. 이럴 때는 평평이 꽤나 명석해 보인다. 이곳은 제국군의 영역이다. 씽을 만나기 위해서는 제국군을 만나야 하지만 포로처럼 잡혀 가는 볼썽사나운 꼴은 사양이다.

곤은 2층으로 올라가 벽에 붙은 나무들을 뜯어냈다. 딱 하루치 쓸 분량의 마른 나무를 가지고 온 후 바닥에 쌓아 불을 붙였다. 바닥은 돌로 되어 있어 불이 옮겨 붙지는 않을 것이다.

모닥불을 피우자 저택 안에 훈훈한 기운이 감돌았다. 이곳은 날씨가 정글과 매우 달랐다. 정글은 습도가 높고 무척이나 덥다면 이곳은 밤이 되면 날씨가 급강하했다. 일교차가 상당히 컸다.

추위를 이기기 위해 밤새도록 내공을 돌릴 수도 없는 노릇이고 노숙을 하려면 모닥불이 반드시 필요했다.

곤은 시장에서 산 가죽 가방에서 독한 밀주 한 병을 꺼냈다. 그는 육포를 모닥불에 구우며 밀주를 마셨다. 속이 후끈 달아올랐다. 차갑던 체온도 어느 정도 회복되는 듯했다.

저벅저벅.

그때 인기척이 들려왔다. 발자국 소리와 함께 소곤거리는 소리가 점점 다가온다.

곤은 손도끼를 잡았다. 상대가 위협을 가한다면 출수할 생각이다.

덜컹!

문이 열렸다.

저택 안으로 들어온 자는 세 명의 사내였다. 두 명은 무사로 보이고 한 명은 평범한 차림이다. 행색으로 보아 상인 같았다.

"와, 이런 곳에서 사람을 만나다니, 이것 참. 안녕하시오."

세 명의 사내들이 넉살좋게 말하며 다가왔다. 곤은 고개를 까닥였다. 혼자서 있고 싶은 생각이 굴뚝같았지만 그렇다고 내치기도 마땅치 않았다.

이제껏 곤은 사람들의 도움으로 살아왔다. 종종 배신을 당하기도 했지만 그가 살아남을 수 있던 것은 근본적으로 따뜻한 정 덕분이었다.

"미안하지만 같이 앉아도 되겠소이까?"

가장 젊어 보이는 사내가 사람 좋은 웃음을 지으며 말했다. 뒤편에 있는 사내들은 용병들 못지않게 얼굴이 험악했다. 확실히 그들이 말하는 것보다는 젊은 사내가 하는 것이 상대방에게 긴장감을 덜 줄 듯했다.

곤은 고개를 끄덕였다.

세 사내는 나무판자를 하나씩 가져와 바닥에 깐 후 자리에 앉았다. 그들도 험한 여행은 하지 않은 듯 넉넉한 음식과 술이 있었다.

그들은 곤에게 술을 나눠 주었다. 곤은 마다 않고 술을 마셨다. 안드리안이 넣어준 값싸고 독한 밀주보다는 마시기가 좋았다.

몇 번의 잔이 돌자 어색하던 분위기가 많이 누그러졌다.

"저는 라일라 상단의 로펨이라고 합니다. 제국의 수도에서 오는 길이죠. 그쪽은 어디에서 오시는 길입니까?"

자신을 로펨이라고 소개한 젊은 사내가 곤에게 물었다.

"저는 용병입니다. 소믈린에서 제국으로 가는 길입니다."

"아, 소믈린에서 오시는 길입니까?"

"네."

"제국과 중야의 국지전이 또 발생했다고 하던데, 어떻게 됐습니까?"

곤은 로펨의 눈빛을 살폈다. 처음 만나는 사이에 대놓고 물어보기 상당히 어려운 일이다. 서로가 정보를 교환할 사이도 아니다.

곤의 마음을 눈치챘는지 로펨이 밝게 웃었다.

"경계하실 필요 없습니다. 그저 들리는 소문이 흥미 있어서요."

"들리는 소문이라니요?"

"누군가 '하렘의 심장'을 소플린에 반입시켰다고 하더군요. 그것 때문에 제국에서는 전장의 마녀를 투입했다고."

"하렘의 심장이요?"

"네, 모르셨어요? 지금 그것 때문에 소문이 파다한데."

몰랐다.

하렘의 심장이라는 것 자체를 모른다.

"죄송하지만 그게 무엇인지 물어봐도 되겠습니까?"

"허, 용병이라면서 그것도 몰라요?"

"아직 용병이 된 지 얼마 안 돼서요."

"흠."

로펨은 곤을 위아래로 훑었다. 키는 크지만 용병을 할 만큼 근력이 강해 보이지 않았다. 시골에서 올라와 용병으로 생활하며 한밑천 잡기 위한 촌뜨기로 보였다.

"저기, 소속된 용병단은 있소?"

"네."

"어딘지 알 수 있겠소."

"흉포의 용병단이라고 합니다."

로펨은 고개를 갸웃거렸다. 흉포의 용병으로 유명한 안드리안은 들어봤지만 흉포의 용병단은 처음 들어봤다. 이 얼치기가 누군가에서 속아 이상한 용병단에 가입한 듯했다.

로펨은 이 어리석은 용병에게 세상에 대해서 가르쳐 줘야 한다는 괜한 사명감이 생겼다.

"하렘의 심장이란 말이오."

하렘의 심장이란 대륙 7대 신기를 뜻했다. 각각의 신기에는 이름이 붙어 있지만 그것이 무엇인지 정확하게 본 사람은 없었다.

하지만 언젠가부터 대륙 7대 신기가 세상에 나왔다는 소문이 돌았다.

그중에 가장 먼저 세상에 나온 신기가 바로 하렘의 심장이었다.

하렘은 고대 대마법사의 이름이다. 그는 불로불사를 이루기 위해 자신의 심장을 대신해 드래곤 하트를 이식했다가 그 강대한 힘을 이기지 못하고 본인 자체가 심장이 되어버렸다고 한다.

즉 하렘의 심장은 무한에 가까운 마나를 가지고 있는 에너지원이었다.

들리는 소문으로는 하렘의 심장 근처에만 가도 마나가 상승한다고 한다. 얼마나 강력한 힘을 가졌는지 짐작도 가지 않았다.

"대륙의 신기 하나를 차지하기 위해서 전쟁까지도 불사하는 이유를 알겠소? 그것 하나면 있으면 솜씨 좋은 기사들을 무한정 생산할 수 있소. 아슬아슬하게 균형을 이루고 있는 대륙의 줄다리기가 순식간에 무너질 수 있다는 말이지."

곤은 고개를 끄덕였다.

대답하고 있는 그의 머릿속이 맹렬하게 돌아갔다. 가장 의심이 가는 것은 사이든 상단의 의뢰였다.

터무니없이 높은 의뢰비.

상인이 아닌 귀족이 직접 운반에 나섰고, 최고급 인력인 기사가 투입되었다. 그리고 세르빌 용병단의 배신, 갑작스러운 제국군의 습격.

사건의 중심이 없었다.

하지만 '하렘의 심장'을 중심에 대입하면 아귀가 꼭 맞았다.

아슬란 왕국의 누군가와 제국의 누군가가 모종의 거래를 했다. 무척 중요한 일이기에 신중하게 처리해야 한다. 아무도 모르게.

그 누군가는 사이든 상단을 이용해 물건을 운반한다. 누군가 그 사실을 알고 세르빌을 매수했다. 그 누군가는 실패했다. 하나 제국의 누군가가 물건의 정체를 알았다. 테일즈 백작일 가능성이 높았다.

그는 하렘의 심장을 얻기 위해 최전방인 세리포스 요새에 장녀를 파견했다.

곤의 추측일 뿐이다. 심증은 가지만 물증이 없다.

처음에는 좋아했지만 미치지 않고서야 600골드나 줄 리도 없다. 큰돈을 주는 데는 그만한 이유가 있었던 것이다.

"주인, 이거 위험한데."

펑펑이 곤의 귀에 대고 속삭였다.

동감이다.

그도 모르게 꽤나 위험한 일에 투입이 된 셈이었다.

로펨은 그 외에도 여러 가지 이야기를 했다. 그러나 다른 말은 곤의 귀에 들어오지 않았다. 서둘러 씽을 구해야 한다는 생각뿐이다.

더 이상 그들의 손아귀에 씽을 놔둘 수가 없었다.

*　　　*　　　*

새벽부터 안개가 자욱하게 끼었다.

곤은 서둘러 떠날 채비를 했다. 모닥불 불씨가 남아 있었지만 새벽의 추위가 그의 몸을 감쌌다. 곤의 인기척에 라일라 상단 사람들이 눈을 떴다.

"이른 아침부터 떠나려고 하시오?"

로펨이 기지개를 켜며 물었다.

"네, 아무래도 서둘러 가야 할 듯싶습니다."

"제국으로 가시오?"

"아닙니다."

"그럼 어디? 설마 세리포스 요새?"

곤은 대답하지 않았다.

긍정의 표현이다.

"이보시오, 충고하는데 거긴 가지 마시오. 거기 가봤자 돈 몇 푼 못 벌어요. 전장의 마녀는 용병들을 쓰레기 취급한다오. 선두에 섰다가는 바로 죽을 거요."

로펨은 곤이 용병으로서 그곳에 간다고 여기는 모양이었다.

"명심하지요."

"허, 그 사람 참. 정말로 갈 셈이오?"

"네."

"미련한 사람이구려."

"어쩔 수 없습니다."

"고집을 부린다면 어쩔 수 없지. 몸조심하시구려."

"알겠습니다."

로펨은 다시 자리에 누워 잠을 청했다.

곤은 저택 밖으로 나왔다. 짙은 안개로 인해 몇 미터 전방도 보이지 않았다. 곤은 후드를 눌러쓰고 앞을 향해서 걷기 시작했다.

Chapter 10. 난 사람을 돈으로 사지 않는다

곤은 제국군 세리포스 요새에 도착했다.

그의 눈앞으로 거대한 절벽에 가장 먼저 들어왔다. 칼로 내려친 듯한 미끌미끌한 절벽이 양쪽으로 하늘 끝까지 솟구쳐 있다. 양쪽 절벽 사이에 돌을 쌓아 성벽을 만든 것이 세리포스 요새였다.

왜 성이 아니라 요새라고 했는지 알 것 같았다.

도대체 저곳을 무슨 수로 뚫는단 말인가. 성벽의 높이만 수십 미터를 넘어가는 듯했다. 곤의 술법으로도 성벽을 넘기란 요원했다. 마법처럼 하늘을 나는 비행술이 있다면 모를까.

"와, 정말 인간의 조형물은 무시무시하네."

펑펑의 입이 떡 벌어졌다.

고개를 끄덕인 곤은 세리포스 요새 정문을 향해서 걸어갔
다.

"잠깐, 주인. 이건 아닌 거 같아. 다시 한 번 생각해 봐. 혼자
몸으로 저길 갔다가는 살아 돌아오지 못해."

세리포스 요새의 압도적인 위용에 움츠러든 펑펑이 곤을 말
렸다.

곤도 저렇게 거대한 건축물을 본 적이 없었다. 경외감마저
들었다.

"그럴 수 없어."

요새의 문이 열리면 어떤 일이 벌어질지 알 수 없었다. 그럼
에도 곤은 포기할 수 없었다.

반드시 씽을 데리고 돌아갈 것이다.

곤은 요새의 성문 근처에 이르렀다.

성문 위에서는 이미 그가 다가오는 것을 보고 있었다. 곤이
다가가자 성벽 위에서 굵은 목소리가 들려왔다.

"거기 서! 더 이상 다가오면 쏘겠다!"

곤은 고개를 들어 소리친 사내를 보았다. 고급 갑옷을 입고
있는 것으로 보아 기사였다. 그의 옆으로 십여 명의 궁수가 활
을 들어 곤을 겨냥하고 있다.

"누구냐?"

기사가 물었다.

"사람을 찾으러 왔습니다."

"사람? 사람을 왜 여기 와서 찾아?"

"이곳에 있다고 들었습니다."

"누군데?"

"이름은 씽이라고 합니다. 머리색이 은발이며 사내답지 않게 무척이나 아름답습니다."

은발의 사내.

기사의 머릿속에 누군가가 떠올랐다.

미친개.

어디서 나타났는지 모른다. 갑작스럽게 나타나 샤를론즈의 충실한 개로서 살아가는 자다. 의지도 없으며 무엇을 생각하는지도 몰랐다.

그는 오직 전장의 마녀 말에만 움직였다. 그녀의 말에 항명하던 기사가 미친개에 의해 반으로 찢겨 죽었다. 기사들은 미친개를 증오했다.

"꺼져!"

"네?"

"꺼지라고! 여기에 그런 자식은 없으니까!"

"정말입니다. 여기에 제 동생이 있습니다. 부탁이니 만나게 해주십시오."

기사는 팔짱을 낀 채 유심히 곤을 바라봤다. 키만 멀대처럼 큰 인간이다. 활을 메고 있으니 궁사일 것이다. 전체적인 무력은 강해 보이지 않았다.

"어디서 왔나?"

"소플린에서 왔습니다."

"……."

"……."

"잡아라! 첩자다!"

$$* \qquad * \qquad *$$

곤은 지하 감옥에 갇혔다. 가지고 있던 무기와 가방은 모두 빼앗겼다. 그나마 다행인 것은 천종산삼을 안드리안에게 맡겼다는 것이다.

"으휴, 멍청한 주인아. 도대체 언제 철들래."

평평의 잔소리는 계속됐다. 그녀의 말은 틀리지 않았다.

곤도 반성하고 있다. 무의식적으로 그렇게 대답할 줄은 본인도 몰랐다. 정말 멍청한 짓이었다. 한데 그 대답으로 인해서 요새 안으로는 쉽게 들어올 수 있었다.

물론 씽을 만나지는 못했다.

"그나저나 어쩐다."

평평의 목소리가 지하 감옥 안에 울렸지만 아무도 그녀를 보지 않았다. 죄수들은 물론이고 간수들 역시 거들떠보지도 않았다.

역시 인간들의 눈에는 평평이 보이지 않았다. 그녀는 대놓고 돌아다녔지만 한 명도 그녀를 발견하지 못했다. 처음에는 몸을 사리던 평평도 이제는 마음껏 떠들었다.

그녀를 발견한 사람은 단 한 명, 안드리안뿐이었다. 따지고 보면 그녀는 삼안족이다. 인간이 아니니 펑펑을 볼 수 있는 사람은 아직까지 단 한 명도 없었다.

"일단 지하 감옥을 지키는 병사들이 몇 명이나 있는지 알아봐 줘. 나가는 방향도. 밖으로 나가서 샤를론즈라는 여자를 만나려면 어디로 가야 하는지도."

"으씨, 완전 무보수 노동자야. 맨날 힘든 일만 시켜."

"부탁해."

"흥."

펑펑은 콧방귀를 뀌고는 날개를 펄럭이며 감옥을 나갔다. 그녀라면 빠른 시간 안에 최대한 많은 정보를 알아올 것이다.

비록 작은 정령이지만 가장 믿을 수 있는 친구였다.

곤은 주위를 살펴보았다. 햇불이 곳곳에 걸려 있어 시야를 확보하는 일은 어렵지 않았다. 창문이 없어 시간은 확인할 수 없었다.

지하 감옥은 수십 개로 나눠져 있어 백 명 이상을 수용할 수 있을 듯했다.

갇혀 있는 죄수들은 대략 20~30명 정도로 보였다. 대부분이 갇힌 지 얼마 되지 않았다. '내가 무슨 잘못을 했어!', '샤를론즈 님을 뵙고 싶다, 경비병! 샤를론즈 님을 뵙고 싶다고!'라고 언성을 높여 외쳤다.

아직 건장하다.

감옥을 지키던 병사들이 다가와 시끄럽게 구는 죄수들에게 언성을 높였다.

"그러게 왜 샤를론즈 님에게 대드냐는 말이다. 우리 같은 놈들은 그저 위에서 시키면 시키는 대로 해야 한다는 걸 몰라?"

"잘못된 것을 말하는 것이 죄인가? 샤를론즈 님의 말대로 했다면 우리 부대는 전멸했어. 테일 당신도 알지 않나. 우리 대신 적군과 싸운 17백인대가 전멸했다는 것을."

사내는 억울하다는 듯이 말했다.

"어쩔 수 없지 않나. 군대란 본래 그런 것을."

병사에게 사내는 계속해서 언성을 높였다. 병사는 고개를 절레절레 흔들더니 본래 있던 자리로 가버렸다.

대충 보아하니 어떻게 된 일인지 알 것 같았다. 감옥에 있는 자들은 전장의 마녀에게 항명하여 괘씸죄로 갇힌 것이다.

즉 반골들이다.

반골들끼리 눈초리가 이상했다. 곤은 모른 체하며 자리에 누워 잠을 청했다. 그들의 두런두런 얘기하는 소리가 들렸지만 자는 척했다.

"주인, 나 왔어."

펑펑이 돌아왔다.

곤은 살며시 눈을 떴다. 어느새 죄수들도 누운 채 잠을 청하고 있지만 잠을 자고 있지는 않았다. 모두 숨소리가 불규칙했다. 뭔가 일어날 조짐이 보인다.

'얘기해 봐.'

곤이 작은 목소리로 중얼거렸다. 펑펑은 자신이 보고 들은
것을 모두 말해주었다.

다른 것은 문제가 없었다. 하지만 정작 감옥 입구가 막혀 있
었다. 안쪽에서는 열 수가 없었다. 환기구가 있지만 팔뚝 정도
의 크기밖에 되지 않아 어린아이도 드나들 수가 없었다.

누군가 밖에서 문을 열어주기까지는 완벽하게 고립된 셈이
다. 불이라도 나면 이곳에 갇힌 사람들은 떼죽음이다. 그것은
곤도 벗어날 수 없었다.

곤은 일단 잠을 자기로 했다. 체력을 비축해 둬야 씽을 찾을
수 있을 것이 아닌가.

얼마나 잤는지 모르겠다. 간수가 음식을 먹으라며 깨우지
않았다면 계속해서 잠을 잤을 것이다.

곤은 자리에서 일어나 두꺼운 나무로 된 창살 앞에 놓인 밥
그릇을 보았다. 누런 때가 잔뜩 낀 밥그릇이다. 안에는 무엇으
로 만들어졌는지 알 수 없는 멀건 죽이 담겨 있다. 건더기는
없었다.

곤이 주위를 보자 죄수들은 아무런 말 없이 묵묵히 식사를
하고 있다.

일단 먹을 수 있는 것이라 판단했다. 펑펑에게 독이 들어 있
나 확인시켰다. 독도 없다고 한다.

음식을 모두 빼앗겼으니 일단 굶주린 배를 채워야 했다. 곤
은 밥그릇에 있는 정체불명의 죽을 후루룩 마셨다.

푸확!

그러고는 곧바로 뱉어냈다.

오크들의 음식도 비위에 안 맞았지만 이 정도는 아니었다. 이것은 인간이 먹을 수 없는 음식이었다.

"안 먹으려면 날 주시오."

옆에 있는 죄수가 말했다.

"이걸 먹을 수 있습니까?"

"당연하지. 배가 불렀구만. 먹을 수 없는 음식은 독밖에 없소. 잡탕이기는 하지만 나름 소, 돼지의 내장을 고아서 우려낸 육수라 몸에 해는 되지 않소."

설렁탕과 비슷한 것인가. 그러기에는 너무나 맛이 없었다. 그래도 체력을 비축해야 했기에 숨을 참고 남은 국물을 꿀꺽 마셨다.

쥐와 벌레들이 득실거렸고 눅눅한 곰팡이 냄새가 코를 찔렀지만 견딜 만했다.

감옥을 지키는 병사들도 죄수들에게 해코지를 하지는 않았다. 얼마 전까지 한솥밥을 먹던 동료라서 그런 모양이다. 곤역시 그들에게 고문을 당하거나 하지는 않았다.

곤은 이곳에서 잠을 세 번 청했다. 대략 세 밤 정도 지난 듯했다. 해가 들지 않아 시간을 알기가 어려운 것을 빼면 탈출 준비는 잘되어갔다.

대부분이 잠든 시간에 곤은 잠들지 않았다. 그는 슬쩍 눈을 떴다. 경비병들의 순찰 시간도 지났다.

곤은 주문을 외웠다.

"역광의 술."

술법과 함께 그의 몸이 희미해졌다. 순간 곤은 목청을 높여 소리쳤다.

"여기 사람이 없어졌다!"

놀란 경비병이 달려왔다. 역시 감옥 안에 한 명이 비어 있다. 경비병은 자고 있는 죄수에게 물었다.

"자네 옆에 있던 죄수는 어디 있는가?"

"으응? 어라? 분명 아까 전까지만 해도 여기 있었는데."

"무슨 소린가? 이곳에서 빠져나갈 구멍이 어디 있다고."

"정말로 모르네. 방금 전까지 옆에서 코를 골면서 자고 있었다고."

"이런 젠장."

경비병은 감옥 문을 급히 열었다. 만에 하나 죄수가 이곳에서 도주했다면 문책 정도로 끝나지 않을 것이다. 악독하기로 소문난 샤를론즈라면 본보기로 그의 목을 벨 수도 있었다.

그는 마음이 급해졌다.

감옥 문을 열고 이곳저곳을 찾아봤지만 도저히 빠져나갈 구멍이 보이지 않았다. 나갈 수 있는 곳이라고는 3살 어린아이도 통과할 수 없는 감옥 문의 틈새뿐이었다.

"이, 이건 말도 안 돼."

경비병은 망연자실했다.

경비가 감옥 문을 연 틈을 타 곤은 빠져나갔다. 펑펑이 알려준 대로 복잡한 미로와 같은 좁은 복도를 걸어갔다. 복도를 빠져나가는 데는 얼마 걸리지 않았다. 지하 감옥에서 밖으로 통하는 문이 보였다.

이제 기다리면 된다.

곧 교대 시간이다.

끼이익—

지하 감옥의 철문이 열렸다. 두 명의 경비병이 교대하기 위해 안으로 들어왔다.

"수고했어. 그런데 솔이 안 보이네?"

교대하기 위해 문을 연 경비병이 물었다. 자리를 지키고 있던 경비병의 얼굴이 굳어졌다.

"감옥 내에 누군가 없어졌나 봐."

"뭐? 말도 안 돼."

"모르겠어. 솔이 오기 전까지 잠깐만 기다려 줘."

"위에 보고부터 해야 되는 거 아니야?"

"잠깐만. 솔이 올 때까지만."

곤은 슬그머니 그들의 뒤로 빠져나갔다. 좁은 통로에서 몸이 닿을 수도 있기에 곤은 최대한 벽에 바짝 붙었다. 다행히 그들의 몸에 닿지 않았다.

곤은 곧바로 계단을 올라 철문을 열고 밖으로 나갔다.

시간이 다 되어 그의 술법이 풀렸다. 이제는 상관없었다. 밖으로 나가기면 하면 병사들의 눈에 걸리지 않을 자신이 있었다.

하지만 밖으로 나온 곤의 얼굴이 똥 씹은 것처럼 구겨지고 말았다.

지하 감옥의 밖은 해가 중천에 떠 있었다. 시간 감각을 잃어 버려 지금까지 밤인 줄 착각했다.

다그닥다그닥.

곤의 앞으로 훈련을 마친 기사단이 지나가고 있다. 도시가 아닌 요새이기에 이곳에 거주하는 자들은 군인뿐이었다. 지나 치는 모든 자들이 병사.

그리고 곤의 앞에 선 자들은 샤를론즈의 악명 높은 기사단 인 붉은 장미대였다. 개개인이 내뿜는 기세가 칼날과도 같았 다. 한 명 한 명이 뮬란과 비교해도 전혀 뒤떨어지지 않았다.

"자네는 뭔가?"

붉은 장미대 가장 선두에 서 있는 기사가 말을 멈추고 곤에 게 물었다. 딱 봐도 곤은 이곳 병사가 아니었다. 감옥에서 막 탈출한 몰골이다.

곤은 기사의 얼굴을 보았다.

낯이 익었다. 중년 사내도 곤의 얼굴이 낯이 익은 모양인지 고개를 갸우뚱거렸다.

생각났다.

뮤질란에서 씽을 팔라고 하던 그 마부였다. 당시에도 워낙 위험한 느낌이 들어 피하려고 했다. 그런 그를 이런 곳에서 다 시 만날 줄이야.

"저번에 그곳에서 봤던 그 친구군."

뮤질란이란 말은 하지 않았다. 귀족으로서 그런 곳에 간 자체가 명예에 흠집이 나는 일일 테니까.

"그런데 여긴 무슨 일인가? 꼴을 보아하니 감옥에 있다 나온 것 같은데."

"내 동생을 돌려주시오."

"네 동생?"

"그래요. 분명 제 동생이 이곳에 있습니다."

"네 동생을 왜 여기서 찾나?"

"백호."

곤은 짧게 말했다. 그제야 상대가 눈치를 챈 모양이다.

"흠, 주인님의 개가 동생이라고? 자네도 수인족인가?"

"아닙니다."

"그런데 어찌 인간의 동생이 수인이 될 수 있지?"

"동생처럼 아끼는 아입니다."

"미안하지만 그건 안 되겠군."

"저는 동생을 돌려받으러 왔습니다."

"감옥으로 돌아가게. 이것 참, 군기가 빠졌구만. 죄수가 이렇게 마음대로 나와도 되는 거야?"

중년 사내의 말에 부관들이 움찔거렸다. 그들도 이해가 가지 않았다. 지하 감옥은 밖에서 잠그기 때문에 부수지 않으면 나올 수가 없었다. 도대체 무슨 수를 써서 나온 것일까.

중년 사내가 말머리를 돌렸다.

"제 동생을 돌려달라는 말입니다!"

곤의 목소리가 높아졌다. 그는 꽤 분노하고 있었다. 자신을 무시해서가 아니었다. 씽을 개 취급하는 저들에게 화가 났다.

씽은 개가 아니다.

영물인 백호다.

개 따위로 취급받아서는 안 되었다.

곤의 분노가 밖으로 뻗어 나가자 가깝게 있던 말들이 놀라 앞발을 들었다. 기사들은 급히 고삐를 잡아당기며 말들을 안정시켰다.

중년 사내가 다시 말머리를 돌려 곤을 보았다.

"흠, 마나를 익혔군."

"샤를론즈 님께 데려다 주십시오. 제가 직접 말하고 동생을 데리고 가겠습니다."

"샤를론즈 님께 말을 해? 하하하하하!"

"뭐? 하하하하하!"

이곳저곳에서 웃음이 터졌다. 명백한 비웃음이었다.

"누가 누굴 만나? 미치려면 곱게 미치고 미치지 않았다면 조용히 감옥으로 돌아가라."

중년 사내의 눈매가 실룩거렸다. 그의 몸에서 스멀스멀 살기가 피어올랐다.

"동생을 데리고 가기 전에는 이곳에서 한 발자국도 움직이지 않겠습니다."

"미쳤나?"

"마음대로 생각하십시오."

중년 사내는 물끄러미 곤을 바라봤다. 곤의 얼굴을 바라보던 중년 사내가 말했다.

"남자는 실력으로 말하지. 실력으로 동생을 데리고 가봐라. 나를 한 대라도 맞춘다면 동생의 얼굴을 보게 해주지."

부관들이 그를 말렸다. 천한 것과 손을 나누는 것은 자신들이 하겠다고 하였다. 중년 사내는 껄껄 웃으며 물러나라고 했다.

"진심입니까?"

곤이 물었다.

"나는 명예로운 붉은 장미 기사단의 단장 톨로스다. 내 입에서 나온 말은 명예이며 신뢰이다. 한 번 내뱉은 말은 주워담지 않아."

"알겠습니다."

곤은 내기를 순환시켰다. 상대를 죽일 생각은 없었다. 만약 상대를 죽였다가는 이곳에 있는 모두를 적으로 만들게 될 것이다. 그렇게 되면 본인의 목숨도 책임질 수 없었다.

한 번에 제압해야 한다.

곤은 주먹에 내기를 넣었다. 마력이 형성되었다. 그의 주먹은 능히 바위도 깨부술 수 있으리라.

"갑니다. 약속 꼭 지키십시오."

"걱정 마라."

곤이 움직였다. 그의 몸은 비호처럼 날랬다. 지켜보던 기사들의 눈이 놀랍다는 듯 휘둥그레졌다.

곤은 톨로스와의 거리를 단숨에 좁혔다. 마력을 담은 그의 주먹이 강하게 뻗어 나갔다.

빠아악!

순간 곤의 몸이 360도 회전했다. 엄청난 충격을 받은 그는 말 발밑에 쓰러지고 말았다.

크로스 카운터 어택.

곤은 톨로스가 내민 주먹에 얼굴을 가져다 댔다.

"정말 미련한 놈이군. 내 주먹에 얼굴을 갖다 대다니."

어렴풋이 톨로스의 음성이 들렸다.

의식을 잃으며 곤은 생각했다.

혹시 나는 약한 것이 아닐까.

이곳에 도착한 후 강해지기 위해서 끊임없이 노력했지만 정작 제대로 이겨본 적은 없는 것 같았다.

*　　　*　　　*

쫘아아악—

병사 한 명이 곤에 얼굴에 물을 뿌렸다. 물벼락은 맞은 곤은 정신이 번쩍 들었다. 의식을 차린 곤은 주위를 두리번거렸다.

주변에는 병사들과 기사들이 반듯하게 정렬해 있다. 정면에 있는 높은 단상에는 한 여인이 다리를 꼬고 앉아 있다. 얼굴에 검은 마스크를 썼지만 그녀가 누구인지 곤은 대번에 알아봤다.

그 유명한 전장의 마녀 샤를론즈였다.

"상인인 줄 알았더니 마나를 사용할 줄 아는 용병이었나?"

샤를론즈는 흥미로운 표정으로 곤을 바라봤다.

"동생을 돌려주시오."

무릎을 꿇은 채 양쪽 팔목이 뒤로 묶인 곤이 말했다.

"동생이란 얘?"

샤를론즈는 손바닥을 두 번 쳤다. 가죽 갑옷을 입은 은발의 사내가 단상으로 올라와 샤를론즈에게 허리를 굽혔다. 눈을 씻고 다시 봐도 씽이었다.

"씽!"

곤이 씽을 불렀다. 씽은 곤을 슬쩍 쳐다보고는 고개를 돌렸다. 눈동자도 흔들리지 않았다. 정말로 곤을 모르는 눈치다.

"씽! 나를 봐! 나야! 곤이라고!"

씽이 다시 한 번 곤을 보았다.

"나를 아나?"

"왜 그래? 나라고! 왜 모른 척을 하는 거야?"

"나는 당신을 모른다."

"아니, 넌 나를 알아. 너는 흑마법에 당해서 의식을 제압당한 것뿐이야."

흑마법이란 말이 나오자 병사들이 웅성거렸다. 대륙에서 흑마법이란 단어는 금기시된다. 함부로 발설해서는 안 될 말이었다.

더군다나 곤이 한 말.

'너는 흑마법에 당했다', 그 말의 뜻은 씽의 주인인 샤를론즈를 의심한다는 것이다. 기사들의 얼굴에서 노여움이 생겨났다.

"당신, 그 말에 책임을 질 수 있나?"

샤를론즈가 빙그레 웃으며 말했다. 곤의 말에 개의치 않는 모습이다.

"동생을 데려가 치료하겠소. 보내주시오."

"가능하리라 보는가?"

"불가능은 없소."

"호, 꼴에 남자라 이거지. 좋아, 그럼 나랑 내기 하나 하지."

샤를론즈의 입꼬리가 올라갔다. 차가운 인상이 더욱 얼음장처럼 변했다. 전장의 마녀라는 별명이 잘 어울리는 여인이다.

"뭡니까?"

"내가 있는 곳까지 와봐. 그럼 동생을 만나게 해주지. 물론 오지 못하면 여기서 죽어."

"약속……."

곤은 내기를 움직였다. 다행히 금제를 당하지는 않았다. 그를 무시했는지 톨로스는 팔목만 묶은 채 이곳으로 데리고 온 모양이다.

내기가 전신으로 퍼졌다. 마력이 생성됐다.

"…지키십시오."

"물론이지."

우드드득!

곤의 팔을 묶고 있던 굵은 밧줄이 반으로 끊어졌다.

곤은 샤를론즈를 향해서 일직선으로 움직였다.

샤를론즈는 전혀 당황하지 않았다. 흥미로운 눈빛으로 곤을 바라봤다. 올 수 있으면 와보라는 표정이다.

곤의 앞을 두 명의 기사가 막았다. 2m가 넘을 듯한 거구의 기사와 160cm도 되지 않는 작은 체구의 기사였다.

작은 체구의 기사가 단검을 던졌다. 단검에는 마나가 실려 있어 상당히 위협적이었다. 하지만 이런 단선적인 공격은 오크와 생활하며 무수히 겪어봤다.

위력이 다를 뿐이다.

곤은 뒤로 허리를 뒤집었다. 그의 배 위로 두 개의 단검이 스쳐 지나갔다. 뒤편에 있던 병사 둘이 단검에 맞아 피를 뿌리며 쓰러졌다. 놀란 병사들이 급히 뒤로 물러났다.

작은 체구의 기사가 손가락 사이에 표창을 끼웠다.

"독이야, 주인."

냄새로 알았다.

여기까지 독의 시큼한 냄새가 퍼지는 것으로 보아 스치기만 해도 사망에 이를 극독임이 분명했다.

던지기 전에 쳐야 한다.

곤은 팔목을 묶고 있던 밧줄을 휘둘렀다. 길이는 넉넉했다. 날아간 밧줄이 기사의 한쪽 발목을 휘감았다.

밧줄을 당겼다.

기사는 균형을 잃고 한쪽 다리를 들었다.

더욱 세게 당겼다. 그가 넘어졌다. 곤은 곧바로 허공으로 떠올라 기사의 안면에 무릎을 찍었다.

쫘직!

안면이 함몰됐다. 우드득 소리가 나며 이빨이 부러졌다. 곤은 고개를 숙였다. 거구의 기사가 휘두른 메이스가 아슬아슬하게 뒤통수를 스쳐 지나갔다.

놈들의 공격은 인정사정이 없었다. 맞으면 머리통이 박살나서 죽고 말 것이다. 마력으로 보호한다고 해도 메이스와 같은 무기는 막아낼 수 없었다.

곤은 한쪽 손바닥을 바닥에 댔다. 팔꿈치를 용수철 삼아 몸을 띄워 기사의 등에 거꾸로 매달렸다.

다리를 뻗어 기사의 목을 휘감았다. 양손으로는 그의 어깨를 잡아당겼다. 거구의 기사가 휘청거렸다. 곤은 기사의 몸을 지렛대 삼아 다리를 뒤로 당겼다. 기사가 맥없이 뒤로 넘어갔다.

넘어간 그의 옆구리에 마력을 담은 주먹을 날렸다.

뻐억!

우드드득!

갈비뼈 부러지는 소리가 모두에게 똑똑히 들렸다. 거구의 기사는 옆구리를 부여잡고 비명을 질렀다

곤은 재빨리 일어났다. 계속해서 기사들이 앞을 가로막을 것이다. 시간을 지체할 수 없었다. 다른 기사들이 나서기 전에 샤를론즈와의 거리를 좁혀야 했다.

"젠장."

늦었다.

열두 명의 기사가 바스타드 소드를 든 채 곤의 앞을 막았다.

곤의 머리가 생각하기도 전에 몸이 먼저 움직였다. 그는 어느새 기사들의 중심으로 뛰어들고 있었다.

기사들과 곤의 사투를 지켜보고 있던 샤를론즈는 조금 놀랐다.

"저 사내, 보기보다 강하네."

"그렇군요."

톨로스가 고개를 끄덕였다.

"저자를 한 방에 보냈다면서."

"네, 그랬습니다."

"톨로스 단장."

"네, 각하."

"당신이 그렇게 강했나?"

"강합니다."

톨로스는 생각할 필요도 없다는 듯 곧바로 대답했다. 그는 자신의 강함에 자부심이 있었다.

"아버님의 개들에 비하면?"

샤를론즈가 말한 개들이란 백작 가문의 초정예라고 할 수 있는 7인의 기사를 뜻했다. 레인보우라고도 불렸다.

톨로스는 그들을 생각하며 잠시 뜸을 들였다.

"한번 붙어봐야 알 수 있을 겁니다."

"진다는 소리는 하지 않는구나. 믿음직해."

"감사합니다."

열두 명의 기사가 모두 쓰러졌다. 곤은 거친 숨을 내쉬었다.

끝나지 않았다.

꼭 닮은 쌍둥이 기사가 나타나 그의 앞을 가로막았다. 둘의 호흡은 기가 막힐 정도로 잘 맞았다. 한 사람처럼 움직여 곤으로서도 막아내기가 쉽지 않았다.

"여기서 끝날 겁니다."

"왜 그렇게 생각하지?"

"쌍둥이 각각의 무력만 해도 기사들 중에서도 상위에 포진합니다. 거기에 둘이 힘을 합치면 그 위력은 세 배 이상. 저조차 쉽게 이길 것이라 장담하지 못합니다."

"그럼 끝나겠군. 아깝네, 좋은 볼거리였는데."

빠아아악!

그 순간이었다.

쌍둥이 기사들이 얼굴과 복부를 부여잡고 쓰러지는 것이 아닌가.

그들이 어떻게 쓰러지는지는 아무도 보지 못했다.

소란스러움이 사라졌다. 모두가 멈춘 채 곤을 바라봤다. 믿을 수 없다는 표정이었다.

곤이 외쳤다.

"내 동생 내놔!"

『마도신화전기』 4권에 계속…

용마검전

FANTASY FRONTIER SPIRIT

김재한 판타지 장편 소설

「폭염의 용제」, 「성운을 먹는 자」의 작가 김재한!
또다시 새로운 신화를 완성하다!

『용마검전』

사악한 용마족의 왕 아테인을 쓰러뜨리고
용마전쟁을 끝낸 용사 아젤!

그러나 그 대가로 받은 것은 죽음에 이르는 저주.
아젤은 저주를 풀기 위해 기나긴 잠에 빠져든다.

그로부터 220년 후…….

긴 잠에서 깨어난 아젤이 본 것은
인간과 용마족이 더불어 살아가는 새로운 세상이었다.

Book Publishing CHUNGEORAM

용랭이 아닌 자유추구~
WWW.chungeoram.com

즐거운
인생

미더라 장편 소설

FUSION FANTASTIC STORY

A Bittersweet Life

삶의 의욕을 모두 잃은 주혁.
어느 날 녹이 슨 금속 상자를 얻는데…….

"분명 어제도 3월 6일이었는데?"

동전을 넣고 당기면 나온 숫자만큼 하루가 반복된다!

포기했던 배우의 꿈을 향해 다시금 시작된 발돋움.
눈앞에 펼쳐진 새로운 미래.

과연 그는 목표를 이루고
인생을 바꿀 수 있을 것인가!

Book Publishing CHUNGEORAM

우각 新무협 판타지 소설

북검전기

2014년의 대미를 장식할,
작가 우각의 신작!

『십전제』, 『환영무인』, 『파멸왕』…
그리고,

『북검전기』

무협, 그 극한의 재미를 돌파했다.

북천문의 마지막 후예, 진무원.
무너진 하늘 아래 홀로 서고, 거친 바람 아래 몸을 숙였다.

살기 위해! 철저히 자신을 숨기고
약하기에! 잃을 수밖에 없었다.

심장이 두근거리는 강렬한 무(武)!
그 걷잡을 수 없는 마력이,
북검의 손 아래 펼쳐진다!

Book Publishing CHUNGEORAM

유행이 아닌 자유추구 -
WWW. chungeoram.com

The Record of

Dragon's Return

재중 귀환록

푸른 하늘 장편 소설

FUSION FANTASTIC STORY

『현중 귀환록』, 『바벨의 탑』의
푸른 하늘 신작!

이계를 평정한 위대한 영웅이 돌아왔다!

어느 날 갑자기 찾아온 부모님의 죽음.
그리고 여동생과의 생이별,
모든 것을 감당하기에 재중은 너무 어렸다.
삶에 지쳐 모든 것을 포기할 때, 이계에서 찾아온 유혹.

"여동생을 찾을 힘을 주겠어요.
…대신 나를 도와주세요."

자랑스러운 오빠가 되기 위해!
행복한 삶을 위해!

위대한 영웅의
평범한(?) 현대 적응이 시작된다!

Book Publishing CHUNGEORAM

유행이 아닌 자유추구 -
WWW.chungeoram.com

용마검전
FANTASY FRONTIER SPIRIT
김재한 판타지 장편 소설

「폭염의 용제」, 「성운을 먹는 자」의 작가 김재한!
또다시 새로운 신화를 완성하다!

『용마검전』

사악한 용마족의 왕 아테인을 쓰러뜨리고
용마전쟁을 끝낸 용사 아젤!

그러나 그 대가로 받은 것은 죽음에 이르는 저주.
아젤은 저주를 풀기 위해 기나긴 잠에 빠져든다.

그로부터 220년 후……

긴 잠에서 깨어난 아젤이 본 것은
인간과 용마족이 더불어 살아가는 새로운 세상이었다.

Book Publishing CHUNGEORAM

유통이아닌 자유추구 -
www.chungeoram.com